U0031987

詭軼紀事

柒

人骨音樂盒

記錄詭譎散軼的靈異故事之書

Div（另一種聲音）、Misa、
龍雲、笭菁——著

目錄

（※本故事內容純屬虛構，如有雷同，純屬巧合。）

第一樂章

音樂盒

Div（另一種聲音）

1.

「來喔，要收驚的來這邊排隊喔。」

這裡是一座大廟，附近方圓百里的信仰中心，香火鼎盛，信徒絡繹不絕，終日誦經聲繚繞，氣氛平和且莊嚴。

廟中，除了祭拜所用的區域，還有一處是許多信徒聚集之處，就是「收驚區」。

大廟裡的効勞生又稱爲收驚婆婆，共有七位，平常會有三到四位輪流替信徒收驚，她們年紀多在六、七十歲上下，身穿藍衣，儀態慈祥且和藹。

每次進行收驚儀式時，收驚婆婆總會先詢問信徒名字，然後舉高手裡的一炷清香，緩慢繞信徒而行，嘴裡叨叨唸著祝禱，偶而輕拍信徒身體，溫柔的手勢，帶來安定力量。

而信徒原本躁動不安的心，很神奇的，就在收驚婆婆慢慢的繞行過程中，一點一滴的漸漸平靜下來。

此刻大廟的收驚婆婆裡頭，卻有一人非常特別，她將長髮綁成馬尾，光潔面容上沒有一絲皺紋，她不是六、七十歲的婆婆，她年紀未滿二十，她是一名高中生。

一個高中女生的收驚婆婆。

別看她的年紀雖淺，但持香的動作、祝禱的咒語、身上環繞的氣息，卻絲毫不遜於其他收驚婆婆，足以讓每個前來收驚的信徒都感受到相同的寧靜。

她的名字叫做小杓。

她還在襁褓嬰兒時就被人遺棄在大廟前，原本廟方要將她送到政府的托兒機關，但古怪的是她一離開大廟就哭個不停，不吃不喝，幾乎喪命，於是當時大廟輩分最高的蓮婆婆，便命人把小杓接回來。

「這女孩的命格太過特殊，非得大廟看顧著，才能養活。」

於是小杓便留在大廟中，被收驚婆婆們輪流陪伴照顧。而小杓的玩具既不是洋娃娃也不是玩偶，而是一把把以中藥製成的香灰。

轉眼間，小杓也長大了，如今她更展現了驚人天賦，年紀輕輕就成爲收驚婆婆中的一員，替心神不寧或被沖煞到的信徒誠心祝禱排解，安撫每顆不安的心靈。

但也許是因爲小杓身分與眾不同，若仔細比較每位收驚婆婆前的排隊隊伍，會發現排在小杓前頭的收驚信徒，和其他收驚婆婆稍有不同。

其他收驚婆婆前的隊伍，有男有女，有老有少，多半是神情疲憊，被生活壓得喘不過氣，需要收驚平緩心靈的平常人。

但小杓的隊伍中，卻多了兩種不同的人，第一種是血氣方剛的高中男生，他們都是從網路上看到相關訊息慕名而來的。

網路上寫的是：「大廟有個收驚婆婆是美少女？」「超可愛，我上次被收驚後，有點心動了。」「她好像是念某某高中，假日才會幫大廟信徒收驚！」「天啊！我上次被她收驚後，專注力提升，實力爆棚！」

但面對這些紛紛擾擾的言語，小杓完全不爲所動，依然全神貫注不偏不倚的替每個信徒收驚。

也因爲小杓莊嚴的態度，再加上此地可是肅穆的大廟，讓許多慕名而來的年輕男孩絲毫不敢造次，自然也就相安無事。

不過小杓的排隊隊伍中，除了那些血氣方剛的男生，第二種人才是眞正特殊的。

這群人，周身圍繞一團無形的黑霧。

曾經意外撞死人從此夜夜惡夢的卡車司機。

因爲貪玩以泥巴塗抹路邊破舊小廟的孩童。

出國旅行卻在行李箱中發現被人放了刻著古怪木頭的旅人。

這些人就算外表光鮮亮麗、西裝筆挺，但細看他們面相，卻都是眼圈深黑、腳底虛浮、呼吸若斷若續，正是所謂的「將死之兆」。

這些人有的是被其他廟宇轉介，有的是透過三姑六婆隱密的口語相傳，有的則被莫名的力量引導到大廟，他們不約而同的都找上了小杓。

去！要找大廟中最年輕的收驚婆婆。

如果連她都沒辦法，那就沒救了。

而小杓呢？她依然維持那張淡漠沉靜的神情，慎重而仔細的替每個人收驚。只是偶而，她會多繞信徒幾圈，多唸幾次祝禱咒語，或者在那人離開前在他手裡塞上一個裝滿香灰的香包。

「回去，別做惡事。」小杓總是說著和其他收驚婆婆一樣的話。「心善則平安。」

別做惡事，心善則平安。

而這些人離開了之後，有的人逃脫了死劫，有人終究過不了關卡，更有人又回來了幾次。

但無論結局如何，他們都知道，只要將這大廟香灰的香包貼身而藏，且不做惡事，至少會有幾晚安睡的深眠……而且還是那種他們渴望了數年都不可得的、安穩平靜的一場深眠。

而就在大廟最年輕的收驚婆婆，低調的在人們口中流傳時……一個與過去不同的人，來到了小杓的隊伍中。

手裡拿著一只音樂盒，身軀微微顫抖著，人群中等待著。

「名字？」小杓一如慣例，用她口齒清晰且清脆悅耳的聲音問。

「陳鈴韻。」

「嗯。」小杓點頭，就要舉起手上一炷信香，繞這女子而行，但隨即她的動作卻頓住了。

她目光凌厲，瞪向了女子手上的物品。「這是什麼？」

方形，深黑色，木製，這是一個小盒。

「這是……這是音樂盒。」聲音微顫，這女子約末三十歲上下，衣著料子高貴，應是家境闊綽的婦人，但她的外貌不算出眾，甚至可以說是相當平凡。

但當她一開口，嗓音如銀鈴，音韻繞耳，能讓人對她的聲音留下深刻印象。

「這音樂盒，哪來的？」罕見的，小杓的聲音帶著一股戒備。

「我老公的。」

「妳老公……？」小杓正要繼續問，這時這貴婦卻一把抓住小杓，杏眼圓睜，盈滿恐懼的淚水。

「我怕，這些日子，我聽到聲音，好可怕，她們的聲音，一直在房子裡面繞啊。」鈴韻幾乎忍不住尖叫起來。「我嚇死了！嚇死了！救命、快收驚、幫我收驚啊！」

小杓知道陳鈴韻與音樂盒關係非同小可，她和其他收驚婆婆打過招呼後，先讓鈴韻在一旁休息，並且快速替隊伍剩下的人完成收驚後，便帶著鈴韻到大廟後方的房間。

而鈴韻在被小杓以簡單的收驚儀式安撫後，情緒已經穩定許多，此刻鈴韻正縮在大廟房間的大木椅上，慢慢喘著氣。

「鈴韻姐姐，好些了嗎？」小杓遞上了一杯熱茶，茶香繚繞，當鈴韻手捧熱茶，來自手心的溫暖，心情又再次被撫慰了不少。

「嗯。」

「我想妳會帶著這個音樂盒來收驚，一定有想說的故事。」小杓用輕柔的聲音引導著。「這裡是大廟內部，等閒鬼靈難進，妳可以放心的說。」

「嗯。」鈴韻看著手上的音樂盒，打了一個哆嗦，身軀再次微微顫抖起來，然後她開口，以天生如銀鈴般悅耳的嗓音，說起了她的故事……

2.

這個音樂盒，是我老公的。

我認識我老公的時間不長，只有兩年多，我們在同一家公司上班，但職務級別卻天差地遠，他是這家大公司的執行董事之一，而且是最年輕的一個，而我才剛剛換工作，來到了這家公司，當一個最基層的庶務。

一開始，我只覺得這男人好帥，高不可攀，董事裡頭每個人都是七老八十、老氣橫秋的，但這人卻只有四十餘歲，工作能力超群，永遠穿著合身的西裝，談吐充滿自信。

反觀我自己，我清楚知道自己的外貌水準，既沒有漂亮的五官，也沒有火辣的身材，甚至沒談過戀愛，對愛情沒有半點手段，我這樣的人肯定配不上這男人。

我就是一個萬年的單身女，唯一陪伴我的只有我養了好多年的貓。

而我就這樣在角落欣賞了他約莫一年，他也從沒注意到我的存在，本以爲這場暗戀一切就會這樣平淡的過去，直到有一回，幾個外國客戶來，他負責接待外賓，當時公司裡面準備茶水的小妹請假，上司臨時找我去幫忙。

我備好茶水，進到他的辦公室，正當我將茶水放到賓客面前，卻因爲外國賓客說話時揮舞雙手，一手打掉了我手上的茶杯，連帶著滿杯的熱茶也噴濺了我和賓客一身。

當下我嚇了一跳，忍不住「啊」的發出一聲尖叫。「我馬上來清理，眞抱歉，我馬上來。」

但也就在我發出那一聲尖叫後，我感覺到一股視線，朝我直射而來。

我抬頭，發現是他在看我。

那眼神令我難以忘懷，那不是責備下屬冒失的眼神，也不是覺得無聊冷漠的一瞥，而是像是被某種極度有趣的事物吸引，有點像是……嗯……該怎麼形容，那是「餓」的眼神。

對，那種既貪婪又飢餓的眼神！

當時的我，只顧著處理被打翻的茶，忙著對賓客抱歉，對他的眼神沒有想太多，就這樣匆匆過去了。但沒想到從那天開始，他的態度突然一百八十度轉彎，不斷的想方設法親近我。

主動找我搭訕，特意製造與我說話的機會，甚至記住我的生日，然後送我昂貴的禮物。

我非常非常的受寵若驚，像我這樣平凡無比的女孩，何德何能可以得到英俊富有王子的青睞？

被幸福沖昏了頭，我沒有太多猶豫就接受了他的求愛，成爲了男女朋友，然後又在半年後，我答應了他的求婚。

本當是最美滿開心的時刻，也就在這時候，我開始聽到了一些流言蜚語……流言來自公司的掃地阿姨們，她們在公司的資歷很長，甚至比職員們更長，她們在茶水間說著，說我不是老公的第一任妻子，更早以前，我老公有妻子。

只不過，妻子卻在某天離家出走，失去了蹤跡，原因沒有人知道。

有人說是那位妻子厭倦了原本生活，有人則說她和司機暗通款曲，更有人說她是在某次旅遊後就消失無蹤，總而言之，就是沒人知道她去了哪！

那些阿姨互相討論時，甚至起了小小爭執，因爲她們對我老公的前妻外貌，有著截然不同的印象，有阿姨說前妻身材高眺，有的說明明就是嬌小，有的說她留著短髮，有的卻說她是長髮，更有人直言他老婆不是日本人嗎？

我聽著聽著更感到困惑，她們在說的，怎麼好像是不同的人，到底我老公有幾個前妻啊？

這些流言不斷傳進我耳中，爲了不讓即將到來的美好婚禮有疙瘩，我決定親口向老公詢問。

他聽到我這樣說，先是愣住，隨即溫柔的抓住我的雙手。「我確實有過一名妻子，但……她前幾年生病，得癌症過世了，妳介意嗎？」

「嗯。」說不介意是騙人的，但想到老公必定也很傷心，好像不該再說什麼。「不過，那些阿姨爲什麼每個人說起你前妻的樣子，都長得不一樣呢？」

「哈。」聽到這裡，原本面容有點哀戚的老公卻笑了。「那些阿姨每天都躲在茶水間探頭探腦的聊八卦，哪裡知道我前妻長什麼樣？搞不好把我的表妹、女客戶，甚至是其他女同事全部都搞混在一起了。」

「啊，是這樣嗎？」

「這些流言，妳會介意嗎？會耽誤我們的婚期嗎？」他再問了我一次。

我的手被他緊緊握著，這刹那我有一種被溫暖包覆、但又有一種難以逃脫的感覺，我嚥了嚥口水後說：

「不會。我一點都不會介意。」

「那就好。」我老公看著我，笑了。

而我看著老公的笑容，內心卻升起了一絲後悔，我忍不住自問，我剛剛的回答是眞心的嗎？如果是，爲什麼我會感到一絲不安呢？

而後，隨著婚期逐漸靠近，又有一個新的難題逐漸朝我靠近，這次倒是我自己的問題，那就是我的貓。

婚前我拜訪老公居住的房子好幾次，那是一間獨棟的宅子，裡頭擺設寬敞簡潔、一絲不苟，甚至乾淨到缺乏人性，這樣的地方容得下我的寵物貓嗎？

我的貓叫做音音，從幼貓時我就開始養牠了，牠之所以會叫音音，是因爲我領養牠時，牠第一次發出的貓叫聲，就讓我吃了一驚。

「你的叫聲好像在說話，就像音樂一樣好聽。」我說。「那叫你音音好嗎？」

當時，牠只是仰著頭，睁著超大的眼睛，「喵」的一聲。

這麼多年，音音一路陪著我，雖然多數時間牠總是對我愛理不理，但牠卻在幾次我傷心落淚時，慢條斯理的走到我身邊，然後默默在我的腿上窩著。

當我撫摸著牠柔順的貓毛，聽著牠悅耳而獨特的喵叫，我總能得到深深的溫暖與依靠。

如果要我因爲與老公的戀情而棄貓，可眞的做不到。

不過幸好，我的擔心是多餘的。

只不過，其中的過程，是有點古怪的。

也許，這一切都和後來發生的事情有關也說不定。

就在婚期前一個月，我終於鼓起勇氣，帶我的貓音音去老公的住所，一開始果然如預期的，我那英俊高挺乾淨的老公，一見到貓，立刻緊皺眉頭。

不只如此，當音音一進到那間屋子，牠也立刻做出了警戒姿態，那姿態是和我相處這幾年來，我未曾看過的緊張模樣。

在客廳裡，我們兩人一貓，就這樣不發一語，氣氛尷尬而緊繃。

「老公，這隻貓是我從牠還是小小貓的時候就開始養了，牠陪了我好長的時間，我眞的捨不得牠。」我見到情況不妙，央求著。「結婚後，我們可以繼續養牠嗎？」

「我討厭寵物，牠們沒辦法溝通，只會依照自己的習慣生活，到處亂爬，把我的房子……」老公眉頭緊皺著，滿臉嫌惡，同時間手往前一揮。

而就在老公手一揮的同時，也許是驚嚇到了音音，也或許是音音本來就非常警戒，牠突然背脊拱起，發出猛烈的「喵」一聲，同時張開嘴，就要咬向老公的手指。

「啊！」老公即時縮手，手差一點被咬到。

慘了，我當下則忍不住雙手掩面，企圖解釋，「音音平常不是這樣的，牠是一隻很冷靜的貓，雖然有點不愛理人，但絕對不會主動攻擊人。」

但奇怪的是，平常嚴格的老公卻沒有如我料想的生氣，他只是睜著眼睛，湊近看著音音。

「老公……」

「這隻貓的叫聲，特別啊。」

「對，就是因爲牠的叫聲特別，所以我才叫牠音音，但老公，你聽我解釋，牠平常不是這樣的，一定是我帶牠到陌生的地方，所以牠特別緊張……」

「這叫聲，不像一般的貓啊，一個短短的聲音裡面就包含了五六個高低音節，像是在說話喔。」老公不理我，沉浸在自己的世界。「會用叫聲說話的貓？是嗎？」

音音仍然戒備著，而我則停止了解釋，看著老公的眼睛，這眼神怎麼似曾相識啊？

那是充滿興趣、又帶著飢餓貪婪的冷漠眼神，直勾勾盯著音音。

「老公……」

「帶來吧。」老公轉頭，眼睛裡頭彷彿透著光，咧嘴笑著。「把這隻貓帶來吧，我從來沒有做過貓的，也許會很有趣，眞的很有趣呢。」

而我看著老公的臉，莫名的打了一個寒顫。

什麼是沒有做過貓的？是什麼眞的很有趣？

過了半年，我們如期結婚了，而貓也搬進了我老公的獨立別墅，我開始了我的新婚生活。

一開始眞的很美滿，因爲老公眞的很有錢，對我也很好，讓我從沒擔心過金錢，我可以買自己想買的東西、吃自己想吃的食物，朋友們也都羨慕我，我彷彿躍上枝頭的鳳凰，從此過著幸福的日子。

這段日子裡，唯一讓我感到不太適應的地方，那大概就是音音了。

音音自從搬入別墅之後，就變得非常神經質，多數時間都躲在角落裡，讓我找也找不到牠，尤其是我老公一想接近牠，牠立刻發出威嚇的聲音，彷彿什麼可怕的東西正要接近牠。

每次牠一這樣，我都覺得對老公很抱歉，但老公似乎毫不在意，他反而蹲在音音的前方，用那種我說不上來的古怪眼神盯著音音，嘴裡喃喃唸著，「貓啊，同樣是貓，發出的聲音竟會這麼不同？眞讓人想一探究竟啊！」

我覺得老公很古怪，但當老公一轉身，又交代我記得買最昂貴的貓食、最豪華的貓用品給音音，我也就釋懷了，也許老公和我一樣愛貓，只是他天生沒有貓緣吧。

這樣的日子，轉眼就過了一年多，老公很疼我，音音在我身邊，偶有怪異之處似乎也無傷大雅。但有一天，我發現音音變得更奇怪了。

我越來越常找不到牠。

老公的房子是一棟四層樓別墅，每層樓有兩到三個房間，平常有請傭人來打掃，我平常會活動的區域集中在一到三樓，四樓主要是儲藏室，我則比較少去。

老公也和我說，儲藏室裡面多年沒整理、灰塵多，他捨不得我弄髒衣服，而我則想到儲藏室裡面也許放著老公前妻的遺物，基於尊重，我也就沒特別走上四樓了。

那天，老公不在，明明到了吃飯時間，我卻仍找不到音音，我一邊喊著一邊順著樓梯往上爬，不知不覺，我找遍了三樓都沒找到音音，而這時，我側耳聽見了一聲細細的貓叫。

之前有說過，音音的貓叫很特別，如果把一般的貓叫聲比喻成一條線，那麼音音的叫聲，就像是彎曲的弧線，而且還不是單調的弧線，牠的聲線時而優雅往上、時而柔軟往下，聽在耳中，彷彿牠在對你說話，軟語泥儂，讓人一聽就能分辨。

我一聽到這聲貓叫，就知道音音在樓上。

當時我在三樓，再往上就是少去的四樓，我幾乎沒有任何遲疑的繼續往上走。

到了四樓，我順著貓的聲音往前走，發現四樓確實是一個很大的儲藏室，放著看起來古老但昂貴的木製家具，有些家具讓我聯想到中世紀，甚至更古老的年代，我不禁好奇，老公的背景到底是什麼？為什麼別墅四樓囤著這些老東西？

我一邊尋著貓叫聲一邊前進，走過一座座散發著神祕氣息的家具，直到我在四樓的最角落，發現了音音。

音音趴在四樓的角落，用貓爪撓著牆壁，不知道在撓著什麼？

「音音，你怎麼了？」我蹲下身子，想把音音抱起來，但音音扭動身軀，拒絕讓我抱起。

扭動之時，更不時發出尖銳的叫聲。

「乖。」我拚命安撫音音，「我們下去吃飯，爸爸要回來了。」

因爲我把音音當成像小孩的存在，所以我總是自稱媽媽，自然而然的將老公稱作爸爸了。

「喵喵！」

音音仍掙扎著。

「音音！」正當我有點動怒，想用力抱住音音時，我撞到了四樓角落的牆壁，也是這麼一撞，讓我感覺到了一陣古怪。

那感覺非常奇妙，像是接觸到了水面，然後身體的一部分穿過了水面，到了另外一個世界。

而另外一個世界，傳來了像是說話的聲音。

那是牆後面的聲音嗎？會是一個房間嗎？

我心跳猛然加速，這四樓，老公偶而會獨自上來，一待就是大半天，平常更是希望我不要隨意走上來，爲什麼會藏著一個房間？

音音仍不斷發出喵喵聲，而我則小心的把音音放下，對著牆輕輕敲了兩下，很厚實的牆壁，沒有空洞的回聲，但我爲什麼會聽到人的聲音？

好奇心不斷湧現，我想到四樓滿滿都是高貴的家具古物，如果這裡有隱藏的房間，裡面又會是什麼特別的東西？我雖然不懂這些，也完全沒有偷盜的念頭，但天生的好奇心讓我不自覺在牆面上探索。

摸索了半天，除了在牆角發現一個小小的圖形像是小朋友的胡亂塗鴉以外，始終找不出一個所以然來。

不然就等老公回來，再問他好了。

想到這裡，我轉身就要離開，但此刻音音卻更加激動了，牠撓著牆壁，不斷把牠的頭側著靠在牆壁上。

而我看著音音，忽然心中升起一股念頭。「音音，你是要媽媽聽聽看嗎？」

我扶著牆緩緩蹲下身子，慢慢的，慢慢的把耳朵，靠向了這堵厚實的牆面。

然後，妳猜我聽到了什麼？

有人在說話，而且，是名女子在說話!?

聲音是斷斷續續的重複，有著高低起伏的音調，是女子的說話聲。

但，這罕有人上來的別墅四樓，神祕的牆面後，爲什麼有女子在說話!?

想到這裡，我忍不住把耳朵朝著牆壁貼緊，意圖想聽到更清楚的聲音。

「……響……我……爲什……響……救……」

我聽到幾個單字，但無法拚湊成完整的句子，而這些單字似乎不是單純的說話，有起伏，有高低，反而像是唱歌？

我把音音抱得更緊了，同時耳朵更貼近牆壁，又再次聽到那古怪的聲音。

「……我……響子……誰……救……爲什麼……要……」

響子？這是一個名字嗎？

救？這是救命的意思嗎？

我身體微微顫抖著！

但就在我驚疑未定之際，我的耳朵捕捉到了另一個聲音，這也是個女子的聲音。

「好黑……什麼都看不……你要……你要……求求……誰來……阿聲……」

我心臟跳得更快了！

牆後面有兩個女子嗎？

但很快的，我的耳朵又接收到了另外一個女子聲音。

「唱……韶韶……我唱……求你……別……」

我就這樣聽著，牆後面有三個女子聲音，斷斷續續、隱隱約約說著，在這個布滿灰塵與古老家具的陰暗四樓，我戰慄著！

我忘神聽著，直到……我懷中的音音突然發出了一聲尖銳高亢的貓叫。

我嚇了一跳，鬆開了牠。

同時間，一個聲音傳來。

「鈴韻，妳在這裡幹嘛？」

我猛然回頭，卻見到我老公不知道何時，竟如鬼魅般無聲走上了四樓，而且就站在我的背後。

3.

鈴韻的故事說到這裡，茶已經涼了。

小杓起身，又將熱茶注滿。

她可以感覺到鈴韻說故事時，內心的驚恐，一如小杓所感應到的，來自這古怪音樂盒的氣息。

那不是屬於陽世範疇的東西，那是透過某種惡意與貪念所製造出來的邪物。

「我？我在幹嘛？」我貼著牆壁，看著高大英俊的老公，此刻的他，讓我全身發抖。

「對啊，妳幹嘛一個人在四樓？我不是說四樓都是灰塵，不要隨便上來嗎？」老公皺眉，朝著我走來。

「老公，這牆後面是什麼？為什麼有好幾個女人的聲音？」我鼓起勇氣，顫抖的問。

「女人的聲音？」老公眼中閃過一絲驚怒，突然伸手抓住我的臂膀，「妳怎麼會聽到？這裡可是有『瘴』啊！」

「什麼瘴？」我叫了一聲，「老公你這樣抓，我會痛！」

這時，音音一個溜煙，從老公的腳邊竄走，動作雖快，仍引起了老公的目光。

「……咦，剛剛音音也在這？」老公臉上的陰沉一閃而過，同時手也鬆開了。

「是啊。」

「嗯？原來是貓嗎？」這剎那，老公陰沉的表情忽然轉變，變得體貼，「鈴韻，這四樓的東西老舊，灰塵重，我怕妳身體受不了。」

老公的話語雖然溫和，但隱含著一股威嚴，讓我不得不點點頭。

「嗯，好吧。」我甩了甩剛剛被抓得疼痛的手，就要往下走，同時，我聽到了老公自言自語。

「貓，果然是貓啊……」

然後老公就這樣帶著強迫的意味，把我帶離了四樓。

但也就是從這一天起，我開始聽到了聲音。

「……響……我……爲什……響……救……」

「唱……韶韶……我唱……求你……別……」

「好黑……什麼都看不……你要……你要……求求……誰來……阿聲……」

聲音像是鬼魂一樣糾纏著我，無孔不入，我只要在家裡，這些聲音就會如陰魂般飄移著不散，我告訴自己，若眞有女人，她們不可能不從大門進出，但我卻什麼都沒看到，所以我開始懷疑是不是自己生病了？但又覺得聽到的聲音這麼鮮明，會只是心理作用嗎？

除此之外，還有一件事情頗讓我在意，那就是事後回想，那三個女人的聲音，都很好聽。

雖說在充滿古老家具、又如此晦暗不明的環境，不論聽到什麼東西，都帶著幾分驚悚詭異，但仍掩飾不住她們好聽的聲線。

有的低沉有魅力，有的溫柔細膩，有的則高雅迷人，就算是殘缺的單字，仍能完全展現她們聲音的特色。

也由於她們聲音辨識度極高，更讓我在家裡時，覺得所聽到的聲音更加眞實，聲音隱隱綽綽，無處不在，為此，我更加心慌不安。

我也曾想過是不是這別墅不乾淨？和老公商量找道士作法驅鬼，老公聽到嗤之以鼻，對我的建議不以為然。

「這房子又不是老房子，十年前才蓋的。哪裡來的冤魂？更何況我本來就不信那個，道士他們就靠怪力亂神來賺錢，越是找他們來，鬼只會越驅越多，然後妳要付的錢，也越來越多。」

「可是……」

「鈴韻，妳一定是剛新婚不適應，」老公此刻又轉為溫柔，「要不，我們找地方旅行一下。」

「嗯。」我也覺得一直待在房子裡面壓力很大，出去走走也是好的，「那音音……」

「音音就在家裡，傭人會幫牠準備食物，妳也該好好放鬆一下。」老公微笑，再次說服我。

我想了想，終於點頭。

但我卻不知道，這次的決定卻是另一則恐怖故事的開端，讓我崩潰、恐懼，最後成為必須來到這裡的理由。

旅行六天五夜，老公找來旅行社規劃了一場昂貴的雙人旅行，我們飛到了外國，住高級飯店，品嘗美食，而我也確實不再聽見那些環繞在屋子中陰森又好聽的女子聲音，將一切都遺忘在旅途之中。

而當旅程快結束時，我也開始想念起音音，所以一踏進家門，我就對著滿屋子喊。

「音音！媽媽回來囉！」

奇怪的是，房子裡面沒有任何回應。

一開始我不疑有他，音音這陣子確實很常自己躲藏起來，讓我樓上樓下遍尋不著，所以我一邊收拾行李，一邊趁空檔喊著音音。

不過，當我越是喊，內心的不安感就越來越強。

爲什麼沒有回應？

音音躲起來了嗎？爲什麼不理我？是氣我出門太久了嗎？不對啊以前我也曾單獨旅行把音音託給朋友，但爲什麼這一次感覺這麼不安？

我扔下收拾到一半的行李，開始沿著樓梯一層一層找，甚至找到了四樓，那放置著許多古老家具的儲藏室，連這裡，我都沒有看見音音。

恐懼與害怕的心情像波濤般淹沒了我，音音，妳到底在哪裡？不要躲了，出來找媽媽好不好？媽媽很想念妳啊！

我一邊找，內心越來越慌，但任憑我翻遍每個角落，這一次，音音沒有出現就是沒有出現。

從那天起，我就再也沒有看過音音了。

「鈴韻姐姐，所以妳後來就再也沒看到音音了？」

「是，我再也沒有見過牠了。」鈴韻說到這，把臉埋在雙手中，聲音顫抖著。「本以爲牠是離家出走，從此離開了我，但……當我遇到這東西，我才知道我錯了。」

「咦？這東西？」

鈴韻抬起頭，雙手捧起這外型簡單、樸實，但充滿詭異氣氛的方形物體。

「就是它，這個音樂盒。」

那一天，我瘋狂的繞了房子七、八趟，每個角落都來回看了十幾遍，但都找不到我的音音。

雖然有人說貓原本就是屬於自由的獵人，若牠有機會接觸野外，就會釋放野性，逃出這個家。

但我不相信，也不願相信，因爲在我最孤單寂寞的歲月中，一直是音音不離不棄的陪著我，牠不知道有多少次機會能從沒關好的門縫、半開的窗戶中逃脫，但牠始終待在我身邊。

用牠柔軟的毛蹭著我的大腿，用牠好聽的聲音陪伴著我，用牠驕傲的姿態告訴我，這世界眞的沒什麼大不了的。

牠怎麼會這樣不告而別？我不懂。

我就這樣低潮了將近半個月，直到某天晚上，當我在二樓一個人看電視發呆，老公仍未下班。

忽然……我聽到了聲音。

喵。

我全身顫抖，急忙起身，追著聲音而去。

喵。

這是音音的叫聲！同樣是貓叫，牠的聲音不是單調的直線，而像是有高低起伏的弧線，有情緒也有感情，一定是牠！

喵。

聲音在下面，我往一樓奔去，慌亂且激動。

喵。

直到，當我找到了聲音的來源，我卻困惑了。

因爲那裡只有我老公，他剛剛下班，而他懷裡，沒有音音，甚至連一隻貓也沒有。

「老公……」

我看見老公露出神祕的微笑，他手上有一個音樂盒。

「親愛的，我去古董店找到了這音樂盒，打開時會發出貓叫聲，也許可以排解寂寞，送給妳。」

「排解寂寞？貓的音樂盒？」

老公點點頭，手開始轉動發條，嘎嘎嘎嘎，然後一邊說著，「我看妳最近好憂鬱，茶不思飯不想的，妳原本迷人的聲音會變差的，所以我特地去找了這個音樂盒，讓妳開心一點。」

「音樂盒……」

嘎嘎嘎嘎。音樂盒轉到了底，掀開盒蓋，一陣令人詫異又熟悉的聲音再次響起。

喵。

我全身起雞皮疙瘩，這是音音的聲音！

爲什麼在音樂盒裡面？

突然，我感覺到我老公伸出手，撫摸著我的頭，就像在撫著貓，或者說，就像是在撫摸著音音。

「妳的聲音是最令我著迷的部分，可得好好保養，別弄傷了喔，親愛的。」

我捧著音樂盒，感受到他的大手撫摸著我的頭，這一剎那，我沒有感受到一絲溫暖，只有打從心底升起的莫名恐懼！

爲什麼，會有一個音樂盒，能夠發出音音的聲音？

這一切，究竟是怎麼回事？

充滿歷史，承載無數信徒心願的大廟之內，小杓正聽著這名爲鈴韻的女子所描述的故事。

「鈴韻姐姐，這個就是妳所說的音樂盒？」

「是的，我老公雖然打開音樂盒讓我聽聲音，但事實上他非常寶貝這個音樂盒，若不是趁他不注意，我根本帶不出來。」鈴韻說，「而有了這個音樂盒，聽到那如同音音的叫聲，一方面確實寬慰了我的心，一方面也讓我莫名感到害怕。」

「害怕……」

「對，音音突然失蹤，然後老公拿了一個和牠聲音幾乎一樣的音樂盒，這件事讓我覺得很不舒服。」鈴韻說，「雖然老公依然疼愛我，總是給我用最好的、穿最好的、無微不至的照顧我，但我總覺得有一種不對勁的感覺。」

「嗯。」

「後來我去看了心理醫生，也治療了一小段時間，但一點效果都沒有。我遇到一個叫做萊恩的老朋友，他說我也許是受到了驚嚇，建議我到大廟收收驚，也許會好些。」

「所以，鈴韻姐姐妳就來找我了？」

「是的，我老公不喜歡道士，但我自己來收驚，不告訴他，應該就沒關係。」

鈴韻點頭，「但會特別找妳，確實是那位老友說的。」

「是這樣嗎？」小杓歪頭，這萊恩的名字好熟，但她想不起在哪曾碰過。

「小姐姐收驚婆婆。」

「啊，這樣叫好奇怪，叫我小杓就好。」

「嗯，小杓。」鈴韻拿著音樂盒，「妳一見到這個音樂盒，表情就很不一樣，所以，妳一定是看出這個音樂盒有問題吧？妳可以告訴我嗎？爲什麼它會發出音音的聲音？還有，我的音音到底到哪裡去了？」

「什麼問題嗎……」小杓伸手，輕輕接過音樂盒。

這音樂盒確實是手工製作，無論是外殼或發條，打開之後那簡易的內裝，都沒有工廠那種大批量生產零件的單調感。

在小杓的記憶裡，音樂盒的結構並不難，主要是有一個小的圓桶狀音筒，上面布滿點點突刺，另外還有像梳子般的薄鐵片橫跨其上。

當小圓音筒因爲發條而開始轉動時，點點突起會碰撞上方的音梳，進而發出聲音。

每條音梳齒的鐵片皆有長度和厚薄的差異，藉此發出不同的高低音階，所以若將音筒上的點點突刺進行規則排列，甚至可以碰撞出一首完整的歌曲。

如今，小杓握著手上的音樂盒，應該也是如此簡單的結構，只不過在大廟多年培養的靈力與過世蓮婆婆的指導下，小杓清楚感覺到，一股不祥的陰氣繚繞在音樂盒外圍。

「嗯，鈴韻姐姐，我可以聽聽看嗎？」小杓輕問。

「可以。」

小杓點點頭，吸了一口氣，轉動起音樂盒上的發條，卡卡卡，隨著齒輪卡榫逐漸緊密，她可以感覺到，盒子裡面有股力量正在扭動與掙扎。

然後，小杓放開了手。

當發條鬆開，牽引著音樂盒裡頭的音筒緩緩轉動，點狀突刺牽動了音梳鐵片。

喵。

眞的是貓叫？

剛剛聽鈴韻形容，小杓還不知道音樂盒的貓叫聲究竟有多像？但此刻，小杓吃了一驚，發現自己的皮膚浮出雞皮疙瘩。

也太像貓叫了。

喵。

第二聲貓叫，又從音樂盒中響起，聲音稍有不同，但卻可以輕易判斷出，如果這眞的是貓叫聲，應該是同一隻貓所發出的。

而且再仔細聽，這隻貓的叫聲比一般的貓更有感情，就像是在說話一樣。

喵。

小杓已從前兩聲的貓叫聲中回神，幾乎是直覺般的，她伸手入懷，掏出一個小小香袋。

這香袋正是她親自縫製的禮物，用來贈送給那些深受詛咒或煞氣所苦的信徒，小杓纖細的手指靈巧翻動，一下子就解開了香袋的結，然後把裡面的物體傾倒了出來。

香灰。

這是小杓從小到大的玩具，如同孩童的沙子，而大廟香灰本身是安全的，因爲這間大廟的香灰是以中藥研製而成，必要時還能讓信徒服用。

她將音樂盒放在桌上，單手握住香袋，讓香灰順著她拳縫下緣流瀉而出，並順著音樂盒繞了一圈。

「小杓，這是？」

「噓。」小杓把手指放在唇上，做出安靜的動作。

而下一秒，喵的一聲又來了。

這聲喵，在這圈香灰之前，竟然像是一道有形的風，吹得香灰往旁邊微微散開。

「這？」鈴韻吃驚的看著。

「音樂盒本身散發著不祥的惡意，但我卻隱隱感覺到，聲音中透著一股冤氣，它想要說話。」

喵。

又是一聲喵傳來，引得香灰再次擾動，而且這次連鈴韻都看出來了，香灰的擾動是有方向性的。

有的香灰聚攏，有的卻散開，似乎正在形成某種符號或圖形。

喵。

再一聲貓叫傳來，香灰又再次改變了排列，符號也隨之越來越清楚。

喵。

此刻，發條的能量已經到了盡頭，這是最後一聲貓叫了。

而這聲貓叫，似乎特別的綿長，那深刻的、悲傷的、濃烈的情緒，透過這長長的貓叫聲，迴盪在整個大廟的小房間中。

喵的聲音慢慢散曳，而香灰的排列，也終於完全定型。

香灰，竟排出了兩個字。

小杓的眉頭緊皺，而鈴韻更是嘴巴微張，滿臉驚恐。

第一個字是，歹與匕的組合。

死。

而第二個字則是，立與日的排列。

音。

死音？音死？這究竟是怎麼回事？

「小杓，我，我現在該怎麼辦？」鈴韻看到這兩個字，慌得手足無措。

「出現死字，是大凶之兆，且發生時間就在七日以內。」小杓眉頭深鎖。

「鈴韻姐姐，我認爲妳不該再待在那個家了，如果想活命，要早點離開。」

「啊！」鈴韻一呆。「但我老公怎麼辦？」

「從妳的故事聽來，也許妳該暫時離開他，一小段時間就好。」小杓年紀雖輕，但口吻成熟如長者。「我想他如果愛妳，一定會體諒的。」

「嗯。」鈴韻點頭，她回想著兩人相處點滴，老公確實很疼她沒錯，但眞的說愛嗎？鈴韻老是有一種說不上來的違和感。

老公與其說愛鈴韻這個「人」，還不如說是愛著鈴韻身上的「某個事物」，那就是她的嗓音，這樣是愛嗎？鈴韻真的不敢確定。

「好！我得先回去收拾行李！」鈴韻下定了決心。

「嗯好。」小杓點頭，「鈴韻姐姐，妳方便給我妳的聯絡方式嗎？七日之內，我們保持聯絡，好嗎？」

鈴韻瞬間明白小杓的想法。

「七日內，我每天會用手機和妳報平安，如果我斷了消息……」鈴韻聲音微微顫抖著。

「我一定會想辦法去找妳。」小杓說。

「好。」鈴韻看著小杓，想起這些日子的恐懼，「求求妳，一定要來。」

而最後，當鈴韻拿起了那貓聲音樂盒，準備回去之時，小杓像是想起什麼似的，雙手捧住音樂盒，輕聲的說。

「這音樂盒雖然是不祥的陰物，但我可以聽出裡面的貓音，是善非惡，甚至有股想要保護妳的意志。」小杓說，「記得把音樂盒帶在身邊。」

「嗯。」

就這樣，鈴韻與小杓交換了聯絡方式，留下了地址之後，就離開了大廟。

只是令人措手不及的是，僅僅第二天，鈴韻就這樣失去了消息。

4.

鈴韻帶著音樂盒，匆匆回到了家，她知道那位年輕的收驚婆婆可能是對的。

結婚這一年多來，發生在房子裡頭那些詭異的事，還有她記得第一次帶音音見到老公時，音音所露出的警戒態度，到後來音音失蹤，還有那古怪到令人害怕的貓叫聲音樂盒，都一再呼應小杓的推論。

不過，真正讓鈴韻完全信任小杓的，卻是小杓說出的那句話……音樂盒中的貓音，非惡是善，它甚至想要保護她。

是的，鈴韻每聽到音音的貓叫，也有著完全相同的感覺。

雖然對自己愛理不理，總是孤高如女王，但音音之所以留在鈴韻身邊，都是在保護她。

鈴韻懂，這使得她更相信說出相同話語的小杓，所以她一回家，確認老公不在之後，她快速上樓，簡單收拾了自己隨身衣物、一些錢財，打包成一個小行李箱，就要逃離這個屋子。

而古怪的是，當她不斷加快速度時，她隱隱又聽到了屋子裡，飄盪起了那些古怪的女子聲音。

「……我是響……我爲什在……我是響子……救我……」

「我喜歡唱歌……我是韶韶……我唱得很好……求你……別殺……」

「這裡好黑……我什麼都看不……你要做什麼……你要做什麼……求求你……誰來……阿聲……」

聲音急促，像是在催促著鈴韻快走，她匆忙的拉著行李箱，離開二樓，快步下樓朝著大門走去。

只是，當她打開了門，要暫別這棟恐怖的屋子時……她卻看見了——一個人擋住了大門口。

身材高䠷，面孔俊俏，衣著得體，這曾令鈴韻迷戀的身影。

「老……老公？」

老公露出了笑容。

此刻的笑容卻不再溫暖，而是嗜血、恐怖、陰森，彷彿飢餓已久的老狼。

「妳要走啊？」

「我……我姨媽生病，要我……去照顧……住幾天，你知道……我和姨媽很親……因爲很急，所以我……」鈴韻說得結結巴巴，她身體也不自覺的顫抖著。

「別怕，妳在怕什麼啊？」老公笑著。「生病嗎？那我找人幫忙照顧，好嗎？」

「不用，不用，我自己去。」

「呵呵。」老公繼續笑著。「我送妳的貓咪音樂盒，妳喜歡嗎？」

「喜歡，當然，喜歡。」鈴韻的手顫抖著。「但，我那邊真的很急，可以，讓我先過去嗎？」

「妳喜歡啊，」老公把臉慢慢湊近了鈴韻的耳邊，用他低沉的嗓音，一字一字的說著。「那妳想知道，我是怎麼挖出音音的喉骨，做出這個音樂盒的嗎？」

挖出音音的喉骨？

下一秒，鈴韻發出尖叫，而同時間，她覺得眼前一黑，鼻腔湧入刺鼻的氣味，然後她就這樣失去了意識。

鈴韻醒來時，發現自己正坐在一張椅子上，手腳都被繩子緊緊綁縛著。

她努力扭動了幾下身子，手臂微微一痛，發現手臂不知道何時被扎入一管點滴，點滴正一滴滴，滴入某種不知名的透明液體。

鈴韻見狀，想要大喊，但才一張嘴，眞正驚恐的部分才出現。沒有聲音。

她的喉嚨彷彿被某種東西固定住，完全無法共鳴，產生任何聲音。

她搖頭扭動身軀，試圖發出聲音，但她發現，就算張大了嘴，喉嚨硬是發不出任何一丁點聲音。

而正當她拚命掙扎之際，忽然，她看見這房間的門，「嘎」一聲被推開了。她老公，這個可怕的男人，正慢慢走了進來。

「親愛的，多運動點是好的，但別太用力，若傷到了喉嚨，我可是會心疼的。」

鈴韻什麼聲音都發不出，只能用恐懼充滿怒意眼神，瞪著她的老公。

「瞪我沒用喔，因爲我對妳的眼睛一點感覺都沒有，我只愛妳的聲音，妳知道的吧?」老公走到鈴韻身邊，開始調整她的點滴。

「……」

「我第一次聽到妳的聲音，天啊!那像是冰天雪地的冬天，遠遠傳來如精靈般鈴鐺的聲音，就像妳的名字，鈴鐺與聲韻，我就知道自己愛上妳了。」

「……」

「我從小時候就發現，自己對人的聲音有異於常人的著迷，隔壁老我二十幾歲的阿姨，她人雖然粗俗，但卻有一個迷人的低嗓子，優美到我國小四年級就因爲她的聲音而第一次勃起。」老公笑著。

「……」鈴韻聽著她老公的自白，背上的雞皮疙瘩爬起，他是戀聲癖嗎？

「我那時候好愛她，還偷偷錄下她的聲音，可惜不知道是錄音造成的失眞，還是哪裡出了問題，錄音後播出的聲音完全不一樣，一點感覺都沒有，更可惜的是，這阿姨眞的很糟糕，完全不懂珍惜她魔幻迷人的嗓子，又是煙又是酒，竟把自己的嗓子搞壞了，那時候我眞的很生氣。」

「……」

「這人明明有著好聲音，卻不懂得珍惜，糟蹋了老天給她的禮物，當時我就想，可惡！如果她不懂的珍惜，就讓我來替她珍惜！」老公繼續調著點滴，口中說得咬牙切齒。「也就是從那時候起，我開始研究如何保存人的聲音。」

「……」

「我試過各種錄音的方式，錄音帶是透過磁帶紋路記錄聲音，數位的錄音是把聲音轉成0和1，兩者都會破壞了人聲中那細微的共鳴，我試了好多年都沒有成功，直到有一天……我遇到了它。」

「……」

「它是一個古老的音樂盒，但裡面卻發出我所聽過最神奇、最迷人的聲音！那不是死板的鐵片敲擊而已，那是人的聲音！那是人的聲音被透過某種極為特殊的方式給保存下來！自從聽到那音樂盒後，我幾乎為之瘋狂。」

「……」

「很神奇的是，我只是聽著音樂盒的旋律，它卻彷彿將一切都告訴了我，關於如何做出永恆的人聲的方法！」老公滔滔不絕的說起音樂盒，原本英俊的臉，在燈光陰影下，彷彿爬滿黑色的皺紋，有如妖鬼。

「……」鈴韻看著他老公的臉，恐懼到不停哆嗦，那是什麼古老的音樂盒？老公到底聽到了什麼？

「我懂了，這幾年來我弄錯方向了，人的聲音如此美妙神祕，那是從人還是胚胎開始，不斷成長變化凝聚而成，哪裡是機械數位能記錄的！真要記錄這聲音，只有一個辦法！」

「……」鈴韻發抖著，什麼辦法？

「那就是，人自己。」

「……」人自己？什麼意思？

「要完全留下人的聲音，就要把這人留下來，而且不讓壞習慣或歲月摧毀這聲音，把聲音永遠留在最美好的時刻。」老公停止了調整點滴，慢慢把臉，移向了鈴韻。

那張如同惡鬼附身般的臉，此刻正在鈴韻前方五公分。

「那就是要把她的喉骨，在活的時候，給挖出來。」

在活的時候，給挖出來!?

鈴韻拚命想尖叫，但她依然是一點聲音都發不出來。

「妳是發不出聲音的，別白費力氣了。」老公說。「為了讓妳的喉嚨能夠完整的休息，在手術之前，妳什麼聲音都發不出來的。」

「……」

「可別小看取出喉骨的動作喔，」老公彈了彈點滴管，「因為裡面包含軟骨組織和共鳴腔，要能完整取出，可是有很多程序的，而且更重要的，要把妳調成最佳狀況。」

「……」鈴韻睜著大眼睛，把我調成最佳狀況？

「到底要在什麼狀況下取出喉骨，能把聲音保存最完美？我可是做了不少實驗。」老公說到這，五官上的陰影更深，更加陰森了。

「……」

「我找到了那個阿姨，她根本不記得我，但看我年輕可愛，就傻傻的跟我回家了，不過當我硬挖出她喉骨時，血淋淋的，裝上音樂盒，聲音亂七八糟，一點都不好聽。」

「……」

「我腦袋一直浮現著那古老音樂盒的旋律，聲音彷彿在帶領著我，叫我千萬不要放棄，於是我又找到了第二個人，她叫做響子，她有四分之一的日本血統，說話好輕柔，讓人聞之骨頭酥軟，也是一把令人著迷的聲音。」

「……」響子？鈴韻突然間想起了在屋子徘徊的其中一個聲音。

我是響子……救我……我爲什麼在……

所以這聲音，是眞有其人嗎？

「我和她交往了好長一段時間，三年，交往期間我對她很好，應該說，對她喉嚨很好，但我這段時間都在拚命研究，到底要如何做才能完整取出人的喉骨？刀子該怎麼下？取出後又該怎麼保存？如何製作？我查了人體醫學的知識，也查了所有關於音樂盒的工藝製作！」

「……」

「然後，三年裡，當我準備好的那刻，我就動手了。我一路小心處理，我保持著她的意識，讓她清醒著，割開了她的喉嚨，取出了喉骨，然後在她驚恐絕望的雙眼中，裝上事先準備好的音樂盒，妳猜怎麼著？」

「……」鈴韻全身冰冷，這個老公，不只是戀音癖，更是殺人魔！是變態殺人魔！

「這一次，很好聽，音樂盒眞的發出了響子的聲音，她說著：『我是響子，我爲什麼在這裡？救救我，誰來救救我？』。」老公模仿著音樂裡的聲音，與鈴韻記憶中聽到的鬼魂之音，竟然一模一樣。「那吶喊，那哭腔，我的天啊！相似度幾乎一模一樣！」

「……」鈴韻睜大眼睛，看著老公，這人是瘋子！可怕的瘋子！

「我就這樣享受著響子的音樂盒一整年，這一年眞是美好，但聽著聽著卻又有了一些缺憾，畢竟沒有那個古老音樂盒完美啊，這時候，我很幸運的，又遇到了第二個聲音了。她是只有二十幾歲，愛唱歌的韶韶。」

「……」

「這一次，我和她交往了半年，她的夢想是當歌星，她的聲音很好，天生帶著一股旋律，有如樂章般悅耳，不過她唱起歌卻缺乏好的音感，也就是說，她說話好聽，但唱起歌來反而遜色，但我還是支持著她，至少支持了半年。」

「……」鈴韻閉上眼，韶韶，她在屋子裡也聽過她的聲音。

對，那是像唱歌般的聲音。

我喜歡唱歌……我是韶韶……我唱得很好……求你……別殺……

「處理韶韶時，我又更加用心了，使用了先進的醫療器材，小心翼翼的保養她的喉嚨，完美的取出她的喉骨，幾乎沒有流什麼血，讓她全程看著我把她的喉骨取出，我小心的打磨，將喉骨裝入音樂盒中。」老公語氣興奮起來。「尤其是當我播放音樂盒聲音給韶韶聽的時候，她那表情才叫經典。」

「……」鈴韻搖頭，她不想聽了，爲什麼要做這麼殘忍的事，爲什麼……

「『我喜歡唱歌，啦啦啦，我是韶韶，我唱得很好喔，求求你，別殺我。』」老公模仿起韶韶說話，眞如同歌聲般的語調。「不過，她聽完當場昏過去，我檢查發現，她原來不是昏過去，竟是直接死了，不過我並不覺得可惜，畢竟，我已經保存下她最美好的部分，她的聲音。」

「……」鈴韻咬著牙，眼淚不能控制的流下來，誰來救救她？

「後來我又遇到了另外一個女生，叫做阿聲，阿聲的聲音啊，可以說是最獨特的，她聲線以女子來說是低沉的，但卻有一種夜晚的魅力，雖然不算百分之百是我的菜，但我覺得將她的聲音放入收藏，也蠻有趣的。」

「……」

「也許是太迫不急待了，我等了三個月就對阿聲動手了，這次我又從古老音樂盒中領悟了更多技巧，我沒有立刻就取出阿聲的喉骨，我等了足足七天，七天裡頭不能讓阿聲發出任何聲音，也不能讓任何食物經過她的喉嚨，就這樣好好的保養，對，就像妳現在這樣。」老公看著鈴韻，可怕的笑著。

「……」鈴韻顫抖著。七天？這死變態不一刀殺了她，還要折磨她整整七天？

「阿聲的音樂盒，堪稱傑作啊。」老公彷彿在品嘗與享受般，模仿起阿聲的聲音。「『這裡好黑，我什麼都看不到，老公，你要做什麼？你要做什麼？求求你！誰來救我？我是阿聲！救我！』」

低沉、迷幻，卻又如此無助與驚駭。

「……」鈴韻咬著牙，一定會有人發現她失蹤了吧？現在時間過多久了？那個年輕的大廟收驚婆婆，會注意到她始終沒有傳訊息吧？

「然後，嗯，接下來妳可能很熟悉了，那就是我遇到妳囉。」老公的目光移向了鈴韻，頭稍微一歪。「啊不，在妳之前，還有一隻貓。」

「……」這剎那，鈴韻的眼睛睜大，什麼貓？他說什麼貓？

「這隻貓的叫聲還眞是好聽，而且，牠是一隻非常特別的貓，牠竟然聽得到這間密室的聲音！若不處理掉牠，總有一天會出事，於是我利用那次旅遊把妳支開，然後找人抓住了牠。第一次做動物的音樂盒，還眞是刺激又有趣呢，嘿嘿……」

「……」

動物的音樂盒？

鈴韻只覺得身軀一顫，然後猛然往前一彈，憤怒的她幾乎要拉掉綁在她身上的繩子。

混蛋！你這個混蛋！竟然殺了音音！竟然……

鈴韻雖然憤怒，但最後卻功虧一簣的頹然落回椅子上。

「哎啊哎啊，眞是激動，沒想到妳能發出這麼大的力量。」老公冷笑，「看樣子，妳是眞的很喜歡……音音，是嗎？」

「……」鈴韻瞪著老公，她眼淚不斷的流著，這是怒火燃燒的眼淚，曾在每個孤單深夜中陪伴自己的音音，最後竟然也慘遭毒手。

她發誓，絕對不會放過這男人，絕對不會！

她相信，那個年輕的收驚婆婆，一定會找到這裡的！她相信小杓清澈的眼神，她相信小杓玄妙的香灰道術！

「妳在瞪我啊？妳和前面幾個女人不太一樣？是因爲我對妳的貓動手了嗎？不，還是妳覺得自己還有機會活下去？」老公眼睛瞇起。「妳想太多囉，這裡是我特別建造的密室，這密室隱藏在房屋的結構裡，根本找不到，而且不只如此……」

「……」

「不只如此，當時拿給我古老音樂盒的人，他還給了我一張咒，要我貼在牆角，他說，這是『瘴』，有了這就萬無一失了，嘿嘿……」老公輕笑。「果然有效，之前那些女人消失的時候，也曾引來警察過問，他們什麼都查不到就走了。」

「……」鈴韻全身發抖著，瘴是一種符咒？那收驚婆婆還可以找到這裡嗎？一定可以的吧！

「好啦，鈴韻，別生氣啦。」這時，老公的聲音突然轉柔，變得更加陰森可怕。「妳知道嗎？在所有人之中，我最喜歡妳的聲音了，妳的聲音讓我想起了小時候的阿姨，那是我的初戀，妳們的嗓音都是柔美又輕柔，像雪夜裡響起鈴鐺，當我在公司聽到妳的聲音，我就知道，我終於遇到了，我今生最想要的聲音。」

「……」

「所以，我一定會挖出妳的喉骨，咯咯咯咯……」老公原本英俊的臉，越來越陰沉，也越來越像惡鬼。「在妳聲音最美好的時候。」

鈴韻看著老公，此刻的她內心被憤怒充斥，但她卻止住了眼淚，甚至不再猛瞪老公，只是眨了眨眼。

「怎麼？不哭了？」老公露出好奇表情。

「……」

「妳有話要說？」

「……」鈴韻點頭。

「但我不能給妳聲音。」

「……」鈴韻搖頭，但卻用眼神，看向自己被綁住的手。

「妳想用寫的？真有趣，好，來看看妳死前想說什麼！」老公一笑，蹲下，但卻沒有完全鬆開鈴韻的手，僅僅讓鈴韻的手指自由。

鈴韻咬著牙，慢慢寫出了她此時此刻唯一的願望。

音音。

「喔？音音嗎？」老公懂了。「妳想讓貓咪陪著妳死嗎？好，沒問題，反正妳們的聲音，以後都是我的了。」

說完，老公把原本收起來的貓咪音樂盒拿出來，轉動發條，然後音樂盒一如以往，發出了柔細又充滿獨特感情的喵叫聲。

而聽著貓叫，鈴韻閉上眼，眼淚不斷的流下，音音，對不起，都是因爲跟著我，才讓妳遭遇了不幸。

「慢慢的哭吧，死前的情感越是豐富激烈，被做成音樂盒時，就越會接近眞實的聲音。」老公冷笑著。

當發條的轉速越來越慢，直至貓叫聲完全停止時，老公的表情卻微微改變了，他回過頭去，側耳傾聽。

「有人按門鈴？」老公哼的一聲，摸一下音樂盒，確認發條已經完全不動。「這時候會是誰來呢？沒關係，沒有人可以破解這密室的，無論是這個世界或另外一個世界，都做不到。」

5.

從鈴韻離開之後，小杓就不斷注意訊息，只是令她困惑的是，僅是第二天，鈴韻就失去了音訊。

失去訊息有兩種：一是對方根本不當一回事，二則是眞的出事了。

一份源來自大廟所賜予的靈覺，小杓認爲應該是出事了。

但接下來她能幹嘛？

大廟在此地矗立數百年，其人脈與資源自然既深且廣，但她一個少女，又如何策動這些資源？

唯一能策動的，只有那些曾經與自己有過緣分的人。

想到這裡，小杓嘆了一口氣。

這世界上，確實有個人曾經虧欠過自己，更是蓮婆婆交代過，此人也會替大廟貢獻一份心力，更重要的是，以世俗眼光而言，此人非常有錢，而錢能做的事，往往不下於信仰本身。

鈴韻的命是否該絕，此刻仍未得知，但她被引導來了大廟，加上音樂盒中那貓咪的保護意志，讓小杓知道自己該出手救她。

想到這裡，小杓在手機按下了一串數字鍵。

「喂。」

「請問，是阿生嗎？」小杓輕輕問。

「是。」對方似乎一聽到是小杓的聲音，原本低沉的聲音立刻揚起。「小杓，找我？」

「我想請你幫忙。」

「儘管說！」

「廟裡有個信眾失蹤了，她可能有危險，可以請你一起來幫我嗎？」

「當然。」

委託阿生後，事情的推展果然變得極快。

二十分鐘後，小杓與阿生已經站在鈴韻家的別墅前了。

除了阿生和小杓，還有兩名警察同行。

這名阿生，父母是非常有錢的企業主，卻天生命中無子，爲此，母親透過借命之術，才讓阿生得以出生，但此借命之術卻引來百年老妖道士覬覦，所幸大廟蓮婆婆與小杓出手，方才拯救了阿生性命。

只是過程中因為阿生的一念之差，差點害死小杓不說，更間接讓蓮婆婆犧牲了性命，而為了贖罪，阿生以蓮婆婆在天之靈立誓，要守護小杓，從此小杓的命運就這樣與阿生羈絆在一起。

阿生家族事業龐大，他出面通知警察，讓警方不得不重視此事，在短短二十分鐘內啓動調查，一起來到了這裡。

警察一老一少，其中一名老警察走上前，按了門鈴。

門鈴的叮咚聲，傳到了四樓的密室，將鈴韻的老公給引了出來。

「請問是沈寞先生嗎？有人報警，說你的夫人可能遭遇危險，可以請你開門嗎？」

鈴韻的老公，也就是這位沈寞先生，外表高大而英俊的男子，皺著眉頭開門。

「我的老婆有危險？」

「沒錯，請問她在嗎？」

「她不在。」沈寞開了門，同時拿起手機確認，最後搖了搖頭，「我老婆的手機沒開機。」

「那你知道她去哪嗎？」

「不知道，也許回娘家，也許和朋友逛街吃飯，也許只是去做頭髮。」沈寞又撥了幾通電話，但都沒找到人。

「是否方便讓我進你家看看呢？」老警察看著沈寞。

「喔，你懷疑我嗎？」

「當然沒有懷疑，單純例行公事，但如果夫人遲遲未出現，我們會依法申請搜索票，屆時還是……」

「警察先生，貴姓？」

「我姓汪。」老警察直視著沈寞的眼睛，「根據過去的檔案紀錄，在一年前、三年前，分別有人報案女子失蹤，而那些女子剛好都與你有關係，沈先生。」

「呵，女人啊，總是說來就來、說走就走啊，誰管得了她們！」沈寞聳肩，「你的意思是，反正遲早要搜查的，那進來吧。」

「謝謝。」當警察們走入，小杓與阿生等人跟隨在後也要走入屋子。

「他們不是警察吧？他們是誰？」沈寞揚了揚眉毛。

「報案者。」汪老警經驗老道，爲了不引起沈寞警覺，只是輕描淡寫的說。

「就是這位女孩報的案。」

「報案者怎麼能進我的私人……」

「我很擔心鈴韻姐姐。」小杓往前站了一步，聲音一如過往般清朗，咬字清楚。

「喔？」沈寞聽到小杓的聲音，眼睛亮起，瞬間嘴角揚起一抹難以察覺的貪婪笑容。「如果是妳，可以，進來吧。」

於是，四個人便在沈寞的帶領下，從一樓往上，每個房間都進入檢查。

空的。

空的。

簡約昂貴的裝潢，整齊冰冷的擺設，讓人感覺到這屋子少了人性，又或者說，像是危險的嗜血野性，正被藏在毫無感情的外表下。

「這裡是四樓，也是最後一個樓層了。」沈寞一直領著他們走到了四樓，「這裡只存放一些家族珍藏的古董，其他什麼都沒有。」

四個人隨著沈寞走上樓梯，四樓果然只有一座又一座華麗的古老家具。

空曠的四樓看起來完全沒有隔間，只是一間大儲藏室，所以警察繞了一圈後似乎也覺得找到人的希望渺茫，對阿生和小杓搖了搖頭。

阿生觀察到小杓臉色異常，轉頭問道。「小杓，妳還好嗎？」

「這四樓，陰氣很重，這裡有東西……」小杓臉色轉白，摩擦著手臂，彷彿很冷。

「有東西？」

「是。」小杓在大小不一的古老家具間走著，嘴唇泛白，不時搓著自己的手臂。「這些古老家具，多少都沾染過一些不祥的黑色氣息，有的可能本來是血腥慘案的現場的家具，有的曾有人在它面前自殺，有的甚至直接就是殺人凶器。」

「所以，『有東西』是指這些家具？」

「不，這些家具被擺在這裡，只是爲了讓此地的陰氣更重且繚繞不散，類似陣法的作用，眞正危險的東西不是它們。」小杓繼續在家具間穿梭著，而當小杓走過，有些家具甚至隱隱發出尖銳咆哮聲。

「那是誰？」

「我找不到。」小杓已經繞了家具一圈，又開始繞第二圈。

「連妳都找不到？」阿生好訝異，他曾見識過小杓的道行，她擁有大廟靈力作爲後盾，連她都找不到？

「喂，這裡四樓完全沒有房間，根本不可能藏人，你們是要繞到什麼時候？」沈寞冷笑的聲音傳來。「小女孩，妳以為一直繞，就會繞出什麼名堂？」

小杓繼續走著，她可以聽到這四樓中有東西不斷發出呻吟。聲音高亢而尖銳、悲傷而憤怒、陰冷而潮濕，她們被困住了。

「是女生，而且有三個！」小杓咬著牙，快步繞行著。「明明就在這裡啊，但我卻找不到她們，為什麼？」

「三個女生？喂！」沈寞一驚，這女孩感覺到什麼了？他往前跨出，拉住了小杓的手臂。「這可是私人宅邸，都給你們看過了，還要看什麼，快滾出去！」

「嘿！說話就說話，幹嘛動手動腳的。」阿生手一撈，護住了小杓，而小杓臉色雖蒼白，卻毫不畏懼的瞪著沈寞。

「明明在這裡，卻什麼都找不到！」小杓清朗的聲音，帶著怒意。「你到底把鈴韻姐姐和其他人藏在哪裡？」

「什麼藏在哪裡！妳空口白牙胡說什麼！裝神弄鬼！警察你們在搞什麼？報案者腦袋有問題你們看不出來嗎？空空的一個樓層，硬要說有人？」沈寞轉頭怒罵警察。

「哼。」汪老警眼睛瞇起，他這幾年來經手不少案子，離奇的案子也碰過幾椿，至少當年接過的清明女屍案也是如此，這起案子明明有相同的氛圍，但就是抓不到這沈寞的小辮子。

「警察，你說話啊！你們是人民保母耶，就任憑這神棍在這裡胡鬧嗎？」

「可惡！」汪老警呸了一聲，走到小杓身邊，低聲說，「如果找不到證據，我們可能眞的得撤了。」

「可是……」小杓抬起頭，在這充斥著古老不祥的家具陣中，她明明聽到了，那一聲又一聲的悲泣。

那是悲傷無比、被折磨致死的魂魄，正在哭泣吶喊啊！

如果就這麼離開，鈴韻姐姐也會成爲下一個冤死的魂魄。

「得走了。」汪老警再次低聲催促。

「響子……韶韶……阿聲……」小杓瞪著沈寞，唸出了這幾個名字。「是她們對不對？你當時對她們三人做了什麼？」

一聽到這三個名字，沈寞更是驚駭，他惱羞成怒的大吼，「給我滾出去！我要打電話給警察總部，絕對不縱容你們！」

「得走了。」警察再次拉了小杓，這一次，連阿生都搖了搖頭，在死板板的法律面前，就算靈力訊息再強，也是沒有用處啊。

於是，就在沈宴憤怒驅趕眾人，而小杓等人被迫要離開之時……

密室裡。

鈴韻睜大著眼，她的耳朵聽到了外面的一切。

她聽到小杓的聲音，心裡燃起了一絲希望，大廟裡這個年輕的收驚婆婆真的來救她了！她不會死了！

隨著眾人的紛爭不斷傳入耳中，鈴韻開始害怕起來，難道，這密室真的是找不到的？

完全隱蔽的建築設計，加上詭異道術的阻擋，自己的聲音又完全被藥物和器具阻斷，所以這裡真的完全無法被找到？

等等！

不要走，如果你們走了，我怎麼辦？我會死啊，七天後，這男人就要挖開我的喉嚨了……

鈴韻想哭，想大叫，但卻一點聲音都沒有，她想拍打物品，但卻怎麼都動不了。

牆外，沈寞直接打電話到警察總部，要警察立刻帶走小杓，但小杓堅持著，她仍用微薄的力量堅持著。

遲早，會離開的吧？

鈴韻感到從脊椎蜿蜒而上的恐懼。

一旦離開，沈寞就會走進來，開始他的手術，而她，喉骨會被血淋淋的拔出，做成音樂盒，從此她在這世界上只剩下不斷重複的聲音。

拜託，誰來救我？

誰……

忽然間，鈴韻聽到了一個奇妙的聲音，小小的，如同機械齒輪撞擊的聲音。

她轉動眼球，尋找聲音來源。

是發條。

就在她的胸口，那個裝著音音聲音的音樂盒，它的發條竟然自己開始動了。

卡。緩慢而艱難的轉動了一格。

卡卡。又緩慢而艱難的轉動了兩格。

卡卡卡。繼續艱難的轉動了三格。

鈴韻的眼淚就這樣流了下來。

妳想救我嗎？音音，是妳想救我嗎？

然後，音樂盒中傳出了聲音。

淒厲而憤怒，足以穿透牆壁與每個人耳膜的叫聲。

喵。

聲音？小杓瞬間回頭。不，是所有人都回頭了。

看向那空蕩蕩的角落牆面。

剛剛有貓叫？

接著第二聲又來。

喵。

聲音更加響亮，更加憤怒，更加淒厲，那是深夜中足以撕裂幻境的貓叫。

「這裡。」小杓甩開沈寞與警察，她朝牆面跑去，伸手入懷，掏出了一包物體。

「不可以！」沈寞臉色大變，他不懂貓咪音樂盒爲何會突然叫起來，明明發條就已經轉完了啊？他還親自確認過啊！

喵。

「大廟之力請應承我，給我破散！瘴！」小杓大吼著，手上的香灰跟著甩了出去。

香灰在空中散開，撒在牆面，在這片香灰中，牆角的一個字，像是感應到香灰般，閃爍起淒厲的紅光。

那個字難以辨別，似乎是一枚古字，但在不斷湧來的香灰中，邪惡的字體閃爍著電光光芒，與大廟香灰展開激戰。

香灰彷彿有著自己的意識，朝著那個字滾滾掩去，逼得字體炸裂不停，反覆交手整整一分鐘，當香灰幾乎散盡，字體的光芒才終於黯淡了下來，香灰與古字，大廟與瘴，在此刻終於分出了高下。

「這是符文？和『老師』用的是相同的符文？」小杓訝異。而那位『老師』，就是當年與蓮婆婆同歸於盡、被蓮婆婆打入地獄的百年老妖道士。

在場所有人除了小杓，大家都目瞪口呆的看著剛剛數秒間牆角的激戰，爲什麼會有電光閃爍？是電線走火嗎？

「妳這神棍，幹嘛在我家亂撒香灰！製造火災怎麼辦！快滾！」

「就是這面牆！牆後面有密室！」小杓敲打著牆面，而神奇的是，當這符咒之力被香灰所破，牆面反彈的聲音不再厚實，反而透出陣陣回聲。

「對啊，以結構來說，這裡似乎比樓下少了一塊。」汪老警也看出了端倪，「沈寞先生，我們要進一步展開調查！」

「住口！這是我家！這是我的聲音！誰都不可以奪走！」沈寞此刻雙眼充血，說話癲狂，「我的寶貝，我珍藏的寶貝，妳們不可以出來！妳們不可以出來！」

「沈寞，什麼東西出來……？」汪老警皺眉，正要繼續說話，但他卻在同時，聽到了牆後面，除了貓叫，更傳出了其他的聲音。

「……我是響子……我要殺了你……沈寞……」

「我喜歡唱歌……我是韶韶……我唱得很好……我要帶你下地獄……沈寞……」

「這裡好黑……阿聲……去死吧沈寞……我要你永遠在黑暗中……」

這聲音，如同空氣中的一陣激烈的風，吹過了汪老警，吹過了阿生，吹過了小杓，最後全部吹向了沈寞。

「啊啊啊……嘻嘻……哇……不要……哈哈……殺了我……妳們……啊啊啊啊……嘻嘻……不要……殺了妳們……不要……嘻嘻……哈哈……啊啊……」

這一剎那，只見沈寞的眼睛睜得老大，充斥著血絲的雙眼，噗的一聲流下了兩行血淚，耳朵、鼻孔、嘴巴，也都跟著湧出鮮血。

他的模樣實在駭人，警察見狀急忙上前，一邊扶住沈寞，一邊大叫著，拿出手機叫救護車。

但只見沈寞全身不斷顫抖，滿臉鮮血流著，但卻沒有死。

應該是，那些帶著淒厲聲音的風，並沒打算讓他死。

「你會永遠聽到我們的聲音，但不再悅耳，而是鬼哭神號，糾纏著你，好讓你爲自己造下的罪刑贖罪！」

「永遠！」

「贖罪！」

當沈寞倒下，小杓站在牆前，她的目光看向阿生。

阿生點了點頭，側頭示意汪老警，只見汪老警起身，「和你一起來吧。」說完，阿生與汪老警一起拿起大家具，然後大喝一聲，朝著牆壁砸了過去。

「砰」的一聲。

看似厚實的牆壁其實脆弱不堪，竟然應聲而垮，完全露出了牆後的模樣。

一個全身被綁住、滿臉淚痕的女子，她的胸口，還有一個貓咪音樂盒。

「這樣算不算損毀他人物品?」阿生看著汪老警，微笑。

「當然不算，這裡有其他的目擊證人嗎?」汪老警也微笑，「我們得用更專業的詞，叫做破門救人，消防隊的手法，我們警察也可以用啊。」

「呵，原來如此。」

「鈴韻姐姐!」小杓往前撲了上去，解開了這女子身上的繩子，而女子一時之間，仍無法發出任何聲音。

「沒關係，」阿生站在小杓後面，「我家也有跨足醫療產業，我會找最好的醫師幫忙處理，只要不是靈學範圍，科學都可以處理的。」

「那什麼是非科學範圍?」汪老警問。

「就像這屋主此刻的病況啊。」阿生瞄了一眼躺在地上仍不斷抽搐、耳朵血流不止的沈寞，「這醫療團隊就完全沒有辦法囉。」

「……」鈴韻睜著眼，哭得發紅的眼睛灼灼看著小杓與阿生，滿是感謝。

謝謝妳，年輕的大廟收驚婆婆，幸好妳來救我!

「不，妳該感謝的不是我喔。」小杓走到鈴韻身旁，眼神溫柔，看著她胸口的那個物品，「而是它，是它展現保護妳的意志，讓聲音穿過符咒的屏障，我們才能找到妳的。」

音音的音樂盒。

這一刻，若有似無的，喵的一聲。

鈴韻聽懂了，小杓也聽懂了，這是開心的貓叫聲。

6.

鈴韻的聲音，在經過阿生底下企業的醫生診治，花了一週就完全恢復正常，醫生說這是特殊的麻藥使然，幸好麻藥並非永久性，不會造成喉嚨的損傷，但醫生也表示，這麻藥的成分很特殊，並非一般用藥，他分析不出其中的成分，懷疑是非洲土著的毒藥或是古老中國的丹藥。

鈴韻後來當然和沈寞離了婚，而沈寞雖然因為罪證不足而無法被判刑，但卻因為終生受到恐怖幻聽所擾，住進了精神病院，原本他最愛的聲音變成了鬼哭神號，而且就算住到完全隔音的單人房，那些聲音仍不斷的、日日夜夜的、糾纏著他。

聲音告訴他，罪有多重，就會聽多久！而他殺了四個人，至少會折磨他一輩子。

而這些女孩的音樂盒，包括響子、韶韶和阿聲，都交給了小杓，小杓將其放到大廟之中，供奉在佛祖之前，在大廟靈氣的淨化下，她們的魂魄有朝一日便能得到安息，或許需要一段很長的時間，但大廟宛如一座強大的承載體，替受傷的魂魄療傷，終能渡化每個迷路的靈魂。

最特別的是貓咪音樂盒，音音。

最初鈴韻想將它留在身邊，無奈音音是魂魄之物，陰氣太重，若不歸於大廟，對自己或是音音都不好，音音有可能化爲厲鬼，或是讓鈴韻陰盛陽衰而折損了壽命。

於是，音音在與鈴韻相處了一個月後，音樂盒最終還是交給了大廟，來到小杓手上。

但幸好的是，音音似乎也很喜歡小杓。

喵喵叫聲中，似乎對小杓也有份撒嬌與依賴，聽見音音發出這樣的叫聲，鈴韻鬆了口氣。

「小杓，音音以後就交給妳囉。」鈴韻眼眶泛紅，「我還可以來看它嗎？」

「當然，隨時歡迎。」小杓抱著音樂盒，那姿態，像是在抱一隻小貓。

不過，還有一件令小杓與阿生耿耿於懷的事。

那就是沈寞對鈴韻所說的故事中，那個「第一個音樂盒」。

沈寞當年是收到那個音樂盒的啓發，才開啓了他變態的殺人挖骨之旅，那不知從何而來的音樂盒在哪呢？

在沈寞的大房子中，並沒有找到它。

房間、密室、角落，都不見這個古老的音樂盒。

誰拿走了？還有，沈寞顯然不懂道術，但那密室牆外的符文，以及四樓那沾滿陰氣的古老家具陣法，又是誰替沈寞擺設的？

「好像，不會就這麼簡單的結束呢。」小杓抱著音音的音樂盒，看著大廟的窗外，此刻明明是一片藍天，平靜的天空卻隱隱透著風雨將至的雷聲。

「沒關係，我會繼續遵守與蓮婆婆的承諾。」阿生抓了抓頭，「守護妳與大廟。」

「嗯。」小杓伸手撫摸著懷中的音樂盒，而音樂盒輕輕的，發出了舒服的呼嚕聲。

妳真的是一隻可愛的貓呢，音音。

第二樂章——它——

Misa

1.

我聽見耳邊傳來了音樂的聲音，一開始我只是朦朧的想著，應該是在做夢吧？

但隨著音樂聲的持續，我的腦子也逐漸清晰，發現這聲音似乎近得很，可是我的手機不是這種聲音，電腦也關機，房內並沒有會發出這樣音樂聲音的設備。

我想張開眼睛，卻覺得身體與眼皮都沉重無比，像是要陷入床鋪的深處一樣，沉得很。

忽然我意識到，那音樂並不是從耳朵中傳來，而是腦海裡，像是在夢境中的音樂一樣。

這難道是清醒夢嗎？

但這個音樂我並沒有聽過，可是卻覺得熟悉。

我知道這句話有多可笑，明明沒有聽過，卻覺得熟悉。之所以可以清楚知道自己沒聽過，並不是旋律，而是因爲那聲音非常特殊。

該是清脆的聲音，卻帶著一點悶，宛如不乾脆的古箏彈奏一樣，沉悶、拖延、收不好尾音。

而會覺得熟悉，是因爲那個旋律，但卻想不起來在哪聽過。

然後我就醒了，張開了眼睛，那聲音瞬間消失。

就好像沒有出現過，可是卻在我的腦中留下了深刻的痕跡。

「妳聽過這個旋律嗎？哼哼～嗯哼～哼～」我哼著這首在腦中好幾天的旋律給我的死黨邵中宇聽，他只是皺著眉頭，一邊咬著他那草莓奶昔的吸管。

「沒有聽過，應該不是哪個韓團的歌，韓團賽高，歌我全會。」先不提講韓團用日文是什麼操作，但邵中宇講就算了，還跳了一段舞。

「這旋律一聽也不是韓團風格好嗎！比較像是什麼中國古典樂還是什麼古箏曲。」我的腦中可以清晰地出現那首旋律，以及彈奏它的方式，清脆又沉悶，說實話，聽了有一點不舒服，但卻又會想要聽下去。

「問我中國古典樂是不是搞錯什麼了？」邵中宇白了一眼，「妳哪裡聽到的？」

「就是不知道才問你啊，想說你音樂達人呢。」

「妳問我夜店曲風我還比較知道呢！」說完後他大笑幾聲，「但妳總是有先聽到的地方，才會想到要問這首奇怪的歌吧？」

「我就是前幾天在家睡覺的時候，腦中忽然浮現這首歌，聽著覺得耳熟，可是又感覺沒有聽過，那個彈奏它的樂器很特別，特別到我講不出來是什麼。」

「聽起來亂詭異的，是鬼吧？」

「呸呸呸，不要亂講！」我趕緊拍了拍嘴巴，邵中宇這個人真是狗嘴吐不出象牙。

「想不起來就別想了，徒增煩惱。對了，妳媽的忌日不是快到了嗎？我要不要幫忙準備什麼？」

「謝謝你，不過沒關係，我爸那邊都會弄好的。」我窩心的說。

邵中宇這個人是我從小到大的好朋友，在幼稚園時他總和我們女生一起玩，國小時也愛穿我的洋裝，那時候都不覺得有什麼奇怪，後來身邊開始出現一些閒言閒語，以及大人要邵中宇有個「男生」的模樣，加上我們也長大了以後，才明白邵中宇的性向。

不過這些都不影響我們是最要好的朋友的事實，說實話，若不是因爲邵中宇是Gay，我想我們也不會這麼要好。

只可惜，邵中宇的父母似乎無法接受他最眞實的模樣，以前有段時間我還假扮過他的女友讓他爸媽以爲「他治好了」，不過到了現在我們都快三十歲了，邵中宇再也不想戴著假面具過活，放飛自我，也不管他父母能不能接受。

而與他父母不同的，是我的爸媽。

他們從我們還小就知道邵中宇和一般男孩不同，但是他們並不覺得有何不妥，無奈說服不了別人的父母，所以邵中宇非常羨慕我有開明的爸媽，也只有在我們家才能做回他自己。

而我媽媽在我們升上小學的那個暑假發生了意外，當時邵中宇哭得好慘，我和爸爸也痛苦不已。然而這都是二十年前的事情了，媽媽的身影早就都變得模糊，如今想起，也都覺得是好久的過去，很不眞實。

「話說……妳媽媽的事情，這麼多年以後，妳覺得是意外嗎？」邵中宇忽然提起這段往事，讓我有些訝異。

「這麼多年了你還記得喔？」

「當然啊，當時妳爸爸可是激動到不行，我印象深刻。只是這些年你們都沒再提過，我想說當時到底是因爲無法接受，還是說是眞的？」

「你覺得呢？」

「再怎麼說，那時候我也只是幼兒園大班，不了解大人們的事情，所以要問我……」

「就憑直覺呀，你覺得呢？」

「……我覺得阿姨不會自殺。」

我欣慰一笑，「我也不覺得我媽會自殺，她一定是意外墜樓……可是，警察都說了，那棟廢棄的大樓除了我媽的腳印外，沒有其他人的，也沒有任何跡象顯示她是失足，厚厚的灰塵上，我媽的腳印清晰可見，就是筆直朝頂樓走去，然後一躍而下……」

「證據都顯示是自殺，可是阿姨沒有自殺的理由啊！」

「是啊，我準備要升小學，我爸那時候也剛升職，我媽也和朋友約好要出國玩，我們家庭美滿和諧，生活沒有經濟壓力，我媽也健康無憂，她完全沒有理由自殺。」

可是，警方是用自殺結案。

但我們全部都無法接受。

「……嗯，要去掃墓的時候記得找我，我也要和阿姨說說話。」邵中宇也不知道該說些什麼，所以只能拍了拍我的肩膀，給個精神上的支持。

我回以微笑，很多事情我們都無可奈何，即便媽媽沒有任何自殺的理由，但隨著時間過去，我似乎也逐漸接受了自殺的這個事實。

畢竟有時候完美人生，只是外人看見的模樣，媽媽內心的世界究竟是璀璨還是荒蕪，只有她自己知道。

況且現場的證跡也無法忽視，確實就只有她毫不猶豫的腳印。

只是在爸爸面前，我還是會用「意外」來形容媽媽的「自殺」。

2.

掃墓的那天風和日麗，爸爸一早就準備好了媽媽最愛吃的炒年糕和炸肉丸。這兩樣菜色，都是在媽媽離開了以後，爸爸才學會做的，爲了不讓我們忘記媽媽最愛的食物，以及媽媽的味道。

而我則準備了美麗的杜鵑花，是媽媽生前最愛的花卉。另外也添加了康乃馨，是我的心意。

我們將東西都準備好放上了車，出發時我打了電話給邵中宇，在前往媽媽的墓地路上會經過他家，要他準備可以下來。

等我們到邵中宇家樓下時，發現他已經在下面等，手上還提了一堆東西。

「叔叔好～」邵中宇穿著黑色的蕾絲花邊上衣，指甲也塗成黑色，褲子則是新買的皮褲。

「中宇好啊，好久不見了。」爸爸從駕駛座回過頭對邵中宇微笑。

「你也穿得太誇張了吧！」我忍不住吐槽，「不需要全身黑啊！」

「又沒關係，阿姨會喜歡的，您說是吧？叔叔？」

「是啊，你阿姨一定會稱讚你這套裝扮。」爸爸很給面子的附和，就這樣我們出發了。

「你帶的是什麼東西啊？我不是說我們都有準備嗎？」我問了那紅色提袋的內容物。

「你們準備的是你們給阿姨的呀，我自己也有要給阿姨的東西。」邵中宇神神祕祕的，還把袋子往他右邊放去，就怕我會打開看。

「要什麼神祕啊！」我雖這麼說，但是除了我和爸爸以外，還有一個人這麼思念媽媽，其實讓我們都很開心。

車子一路往山上的方向開去，我看著山頭有些烏雲，不禁皺起眉頭，明明今天早上氣象報導說一整天都是大晴天，怎麼會有烏雲呢？

於是我又看了一下手機的氣象，確實是晴天啊。

「哇！該不會要下雨吧？」邵中宇也注意到了那一大片烏雲，看起來就像是暴風雨前。

「怎麼會這樣呢？」爸爸也透過擋風玻璃往外看，不解好好的晴天怎麼會變調。

「不過氣象本來就很常不準。」我說，大家也同意。

車子頓時進入了烏雲地區，原本燦爛陽光瞬間黯淡下來，只希望在我們掃墓結束前，雨都不要落下。

媽媽的墓地在山腰的一處風景遼闊之地，雖說早已撿骨完畢也能收至靈骨塔中，但是爸爸不捨得，想讓媽媽繼續在這片綺麗風光之下，所以撿骨完後，我們將其骨灰埋在底下。

我們開始著手整理媽媽的墓地，不過因爲此區有專業管理員，所以倒也還是乾淨。

邵中宇撿拾著一旁的樹葉，而我則拿濕布擦過供奉桌，在擦過媽媽的墓碑，看見相片上媽媽燦爛的微笑，總覺得生分。陌生、卻又熟悉，就是我的媽媽。

叮、咚～燈燈～

我一愣，那音樂又出現了！

可是邵中宇和爸爸都沒有反應，爸爸打開樂扣樂扣的盒子，將那些食物放到了供桌上。

而我起身環顧四周，有幾個墓碑前面也有人在參拜，但是除了呼嘯的風聲以外，沒有什麼東西看起來能發出那樣的音樂。

況且，那聲音不像是從四周傳來的，因爲太過清晰，近得彷彿就在耳邊，不對，是在腦中！

「怎麼了？」邵中宇注意到我的怪異行爲，皺眉問我。

「我……」我看了一眼爸爸，他也好奇看著我，「沒什麼，感覺脖子有點酸。」

「齁！做一點點事情就脖子酸，阿姨呀，妳看妳女兒變成懶豬豬了。」

「哪有～我可是很認眞的耶！」我也笑著回應。

在爸爸面前，還是不要讓爸爸太擔心的好。

而且那奇怪的音樂聲音，在不知不覺間已經消失了。

一切準備就緒後，我們三個在墓碑前誠心的參拜起來，我在內心告訴媽媽這段時間發生的事情，例如我在新公司做滿半年，最近加薪了。還有我和交往三年的男友分手了。以及我和邵中宇今年也一起來看妳了。

還有，媽媽，爲什麼我從來沒有夢見過妳？

不是應該都會託夢給女兒嗎？不，就算沒有託夢，正常不是也會夢見媽媽幾次嗎？是不是我的問題？還是，是媽媽不想讓我夢見呢？

這個疑問我每年都會問，但是當然從來沒有得到解答過。

「阿姨，妳瞧，這是我要送給妳的！」忽然邵中宇興奮的聲音將我的思緒拉回現在，我睜開眼睛，發現邵中宇從紅色提袋中拿出來的，居然是亮橘色的洋裝，而且背後還大鏤空，裙子更是短到不行。

「我的天啊！你神祕隱藏的東西居然是這種清涼衣服！」我忍不住大叫。

「什麼清涼衣服呀，這叫做性感魅力展現服，阿姨在下面也該風流一下呀，叔叔你不介意吧？」邵中宇不知道在說些什麼，實在是太荒唐，讓我都不知道要回什麼。

但是我爸不愧是開明父親，同時也是開明丈夫，他聽了之後哈哈大笑，說著邵中宇真是懂我媽媽的喜好。

就這樣，這場掃墓充滿歡聲笑語，並不悲傷。雖然我的媽媽她死去的理由與原因我們都不能確定，甚至可能一輩子都不會知道。

「咿咿……嗚嗚……」

我再次一怔，抬頭往那遼闊的天空看去。

「怎麼了？」爸爸和邵中宇同時問。

那聲音，那音樂的聲音，摻雜了人聲在裡面，像是在說話，又像是在哼歌，我聽不出來確切的語言與性別，無法分辨他說些什麼，可是那的確是人的聲音。

我一直聽見的音樂聲音，原來並不單純只是音樂，而是人的聲音，分不出來是單人還是多人，如此詭異！

「你們沒有聽到嗎？」

「聽到什麼？風聲？」邵中宇左右張望。

「不是……不是風聲……」我驚恐的看著前方，那聲音像是從四面八方傳來，我找不到確切的方向，又像是從我腦海深處出現。

而爸爸看著我，若有所思。

3.

當天夜晚，我在房間內看著以前與媽媽的照片，爸爸敲了房門進來，我對他淺笑。

他帶著兩杯熱茶與點心，坐到了我的旁邊。這是我們每年掃墓後的例行公事，就是會這樣子坐在一起看看以前的照片，聊聊媽媽的事情。

「看，這是妳第一次跌倒，媽媽還嚇到哭了呢。」爸爸笑著指著照片。

「我有印象耶，根本不會太痛，當時還因爲看媽媽哭了而覺得很疑惑。」我笑著，接下來翻到下一頁，兩個人頓時安靜了下來。

「這是妳媽媽過世前的最後一張照片。」相片是爸媽去山上賞花的照片，裡面的媽媽雖有些憔悴，但還是露出了幸福的微笑。

「嗯……」

「妳今天在墓地那反覆發呆，是怎麼了呢？」爸爸話鋒一轉。

「喔，沒什麼啦。」我想還是別說出來讓爸爸擔心的好。

「妳媽……在過世以前，也常常忽然看著遠方發呆，然後問我有沒有聽到什麼聲音。」

爸爸的話讓我愣住。

「你怎麼從來沒有講過？」

「妳媽不是被判定為自殺嗎？但是她沒有任何自殺的原因，可是她最後的那段時間，確時常說著一些奇怪的話，像是聽見奇怪的聲音，還會半夜驚醒哭泣著說她很害怕……這一切都是讓警方懷疑她自殺的前兆之一，認為是她情緒不穩。」

我瞪大眼睛，這些話都是第一次聽見。我對於媽媽這些行為完全沒有記憶，畢竟那時候我年紀還小，況且這些年爸爸也沒提過。

「你覺得媽媽是自殺嗎？」這麼多年，我終於問出了這句話，但是爸爸搖頭。

「我不覺得自殺，可是在妳媽最後那段日子，的確很不像她，她像是在害怕什麼一樣，又總說著聽到音樂的聲音，還說了是人在唱歌……」

我手上的相簿掉了下來，我驚訝的看著爸爸：「我也、我也聽到了聲音！」

「什麼？」爸爸聽不懂我的話，我立刻將這些日子聽到的怪聲都告訴他，居然和媽媽曾經聽過的聲音吻合。

「這……」爸爸看起來有些欲言又止，蹙緊了眉頭，「妳媽……曾經跟我說過，她的家族有個傳說，她是爲了那個傳說才逃出來的。」

「家族？媽媽不是說她家人那邊都不在了嗎？怎麼會有什麼家族？」

「這我也是那時候才知道，原來妳媽並不是沒有家人，而是她逃了出來……」爸爸說，在媽媽那段情緒不穩定的幾天裡，半夜都會驚醒，然後說著來找她了，說她還是逃不過。根據媽媽所說，她的家族族人眾多，像是古代望族一樣，而家族的興旺全仰賴一個古老的音樂盒，這音樂盒放在哪沒人知道，只有德高望重的長輩們，或是受到長輩信賴的人才會知道。

至於這個音樂盒是哪來的，又是怎麼幫助他們，媽媽這樣庶系的位置自然不會知道，可是唯一一件事情，是所有家族的人都知曉。

就是這個音樂盒不能打開，每當打開時，他們的性命就會被奪去，並不是全部，而是隨機，人數也不同，全看這音樂盒的心情。

不過可以確定的是，每當聽見音樂盒的聲音，就是會被奪去性命的時候。

一聽到這裡，我瞪大了眼睛。

「這是眞的嗎？」

「妳媽說的話太過詭異，我沒有相信，而且妳媽也只有那一個夜晚說過這件事情，後來就沒再說過……但之後過沒多久，她就死了……」爸爸搖頭，「妳媽的話我原本只當無稽之談，但現在連妳都聽見……」

「我明天就去廟裡拜拜！」我立刻這麼說，還傳了訊息要邵中宇陪我一起。

邵中宇兩肋插刀，隔天一早就和我一同出發。但我們才剛停好車子，下車要往主殿走時，廟方人員已經跑了過來。

「女施主，您的事情，我們這邊無法處理。」

我和邵中宇面面相覷，感到不可思議。我們甚至還沒有進去廟裡，也沒有說我們要做什麼，怎麼馬上就被拒絕了？

「我第一次看到有人被廟趕出來耶。」在副駕駛座上，邵中宇不可思議的表示。

「我也是不敢相信，這件事情好像比我想像中的嚴重。」我一面開著車，一面咬著指甲，覺得十分不安。

「妳要怎麼做？」

「我想……有沒有可能我媽的死亡和那個音樂盒有關係？」

「我覺得應該很明顯吧……畢竟連廟都說無法處理……」邵中宇說得小心翼翼，而我心裡也明白。

「我得問問我爸關於我媽的過去了。」我說，看來去找媽媽的娘家，是最快的方法。

於是我馬上打了電話給爸爸，並不提剛才廟方人員的說法，以防爸爸擔心。可惜的是，爸爸也不清楚媽媽的過去，他只知道媽媽曾說過她是來自某個曾是望族的家族，而地點大約是在郊區的深山裡頭。

「這資訊有跟沒有一樣呢。」邵中宇說著，雖然爸爸有提供相關地區，可是一個山頭何其大呢？

「但死馬當活馬醫，我還是得去看看。」我看著邵中宇，「你不用陪我沒關係的。」

「說這什麼話啊！我一定要陪妳去的，妳可是我最重要的朋友。」邵中宇的話令人感動，但這似乎牽扯到一些非現實的事情，讓我也有些擔心他。

他似乎明白了我的擔憂，拉出了胸口的護身符，「放心，我的乾媽可是媽祖，她會保佑我們的。」

「這眞是堅強的後盾呢。」我忍不住笑了出來。

就這樣，我們驅車前往了爸爸所說的地方。

當我們抵達時，正是黃昏時刻，山下聚集了不少年輕人，邵中宇上網查過，這裡似乎是有名的夜景景點。

沿著主幹道兩旁有著無數小徑，大多的機車都前往相同地方，而我和邵中宇原本也是打算跟著車潮，但是在經過某個地方時，我忽然緊急停下了車子，後面的機車傳來響亮的喇叭聲音與煞車聲，還伴隨著難聽的國罵。

「妳要嚇死我喔？怎麼了？」邵中宇拍著胸口，驚魂未定。

「我、我好像聽見……」我不可思議的看向某條小徑，從那裡，傳來了音樂的聲音。

「那裡？那是路嗎？」

「我確定，我聽見了聲音，像是隱藏在風中，注意聽就消失，但是它確實存在……」

「OK，我真的開始毛骨悚然了！」邵中宇說完，捏緊著他自己的護身符。

「你這邊還可以離開，叫車回家。」

「我說了，我要陪妳，快走吧！」

我感激他的義氣，將車子倒退後，轉進了那條隱匿的道路。

遠離了那些車潮，這裡變得安靜無比，小路有些陡峭並蜿蜒在山壁邊，路並不好走，好幾次邵中宇都懷疑我開錯了，可是我知道就是這裡，因爲隨著前進的方向，那飄散在空氣之中的詭異聲響越發明顯。

「路變平了欸！」忽然邵中宇說，而我則注意到旁邊告示寫著「私人土地，請勿進入」。

「看來就是這裡了。」

「話說回來，家族位於深山裡面，更有說不出的詭異。」邵中宇忽然發出一聲怪叫，我被他嚇了一跳，下意識罵了他髒話，「不是啦！妳看那邊是不是有什麼東西？」

我順著他的方向看去，似乎有人影，但是當我瞇起眼睛想看得更清楚時，那人影已經消失。

「我們下去看看。」

「幹！我有點怕。」

「媽祖的義子不可以這麼膽小！」我調侃著，在這緊張的氣氛中增添一些輕鬆氣氛，然後熄火打開車門。

邵中宇一邊罵著髒話，一邊跟著我下車。

「欸，這邊美得不像話欸！」邵中宇看著前方喊，我也轉頭看了過去，在這條小路往前看去，兩座山谷間的市區燈火通明，像是地面銀河一般。

「也美得詭異。」我感受到了一絲冷風，邵中宇也同意我的話。

我們轉身，往剛才看見人影的方向走去，這裡漆黑無比，所以我們打開了手機的手電筒，不可思議的是，明明沒來過這裡，但我卻本能的知道要往哪走，除了那在風中的音樂聲音越來越大聲外，就是我還感受到了恐懼、壓迫，以及熟悉。

全來自前方的位置。

「這邊有住人？」

映入眼簾的，是一間平房，但是無光，在夜中矗立在荒涼之處，只顯得格外不祥。

「我覺得……我自己進去會比較好。」

「嗯嗯，我同意，連我都感受到一種討厭的感覺，我在這應該比較安全。」來自本能，邵中宇表示站在原地更好。

我朝他點頭，然後把車鑰匙丟給他，並往平房走去。這個平房看起來不像是人居住的模樣，一點人氣也沒有，當我靠近後，馬上意識到這裡並不是如外觀所見的平房，而是墳墓。

我曾經在電視上看過，名門望族的墳墓，甚至可以說是陵寢，因爲有著歷代祖先的牌位以及陪葬品，所以建造得不會像是我們所認知的墳墓一樣。

而我的眼前，確實充滿著許多珍貴的瓷器、珠寶以及昂貴的擺設品，甚至還有些一看就不菲的家具。

再往後面還有一個小空間，我似乎可以看見黑氣瀰漫，我抑制住恐懼，向前走去，推開了門發現那裡僅有張桌子，而上頭放著一個木盒。

頓時我寒毛直豎，強烈的噁心襲來感，讓我忍不住想吐。

「快逃！」

一個聲音倏地衝進我的腦門，逃……我要逃離這裡！

所以我馬上轉頭要逃，可是卻嚇得東撞西碰，而空氣中……傳來了詭異的音樂聲響。

我一路拔腿狂奔，遠遠就見到邵中宇站在那，我大叫著要他先去發動車子，但馬上發現不對勁。

這裡雜草叢生，草的高度更是來到了腰際，但前方的人影卻露出了膝蓋以上，高得不像話。

且雖無光，但月色明亮，多少也能見到前方人影的面貌，可是沒有，那個人就只是渾身漆黑，像是一團有形體的黑霧一般，且他的四肢纖細無比，又長得不像話，更別說他的肢體隨風擺動得不自然模樣。

「咿——」我發出恐懼的尖叫，頓時煞車，忽然間我發現，前方的人影並不是黑影，而是「背對著」我，因爲隨著我的聲音，它停下了原本隨風亂擺的肢體，直直僵住。

然後，轉過頭來。

它的面容，宛如白紙一般，甚至更爲慘白，眼睛與嘴巴處抿成一線，還有車縫的痕跡，那絕對不是活物，也不該存在於此

就在它見到我的同時，那被縫起的雙眼位置張開，是滿眶的紅色，咧起的嘴角裡是全然的黑。

「咿嘻嘻嘻嘻——」那東西發出令人不快的笑聲，而音調竟然與我所聽見的音樂旋律不謀而合，甚至連聲音都如此相像。

那東西以飛快的速度，幾乎是瞬移來到我眼前，那張臉貼得我老近，與我不到一公分，血紅佔滿了我的眼，我尖叫。

「快過來！」邵中宇的聲音從離我不遠處傳來，像是救命稻草一樣，我轉身看見他已經在車子裡面，於是立刻往他的方向跑去。

「呀～嘻嘻嘻嘻～」我這輩子沒有跑得這麼快過，那東西在我後頭追著，它若願意絕對能追上我，可是它卻與我保持著某種一定距離，就像是在玩弄我一樣。

「幹幹幹————！」邵中宇看著那東西尖叫著，我打開了車門跳了上去，都還沒關好他已經用力踩下油門。

我從後照鏡可以看見，它以飛快的速度追在車後面，但就跟剛才一樣，保持著一定的距離。

「它在玩……」我顫抖的說。

「哭么！還是得跑啊！」邵中宇大叫著，車子在陡峭的山路以飛快的速度開著，沒被鬼追到也會發生意外。

「它、它不會追來。」

「妳怎麼能確定？」邵中宇又看了一下後照鏡，那東西還在，被縫住的眼睛笑彎了如新月，在漆黑裡還是明顯得恐怖。

「因爲、因爲它在玩我們！」我大喊，而那東西聽見了，它忽地停下腳步，然後彎頭咧嘴，憑空消失。

「消失了？」邵中宇看著後照鏡驚奇的說。

「小心!!」我指著擋風玻璃的前方山壁。

「幹!!」邵中宇急煞，在撞上前停了下來。

我們兩個餘悸猶存，喘著大氣看著眼前山壁，差點不是被鬼嚇死，而是自撞山壁而亡，且要是登上新聞，肯定會被寫成深夜飆車技術不佳之類的。

「沒事吧？」

「應該沒事……」

我們互相關心後，面面相覷頷首，兩個人雙手緊握，然後回頭望去，剛才那詭異的東西已經消失，只剩下漆黑的山路。

4.

「妳媽的家族是什麼鬼!?」聽起來像是罵人的一句話，但我懂邵中宇的意思。我們找了一家二十四小時營業的餐廳，這裡人聲鼎沸，剛才見鬼的事情彷彿是場夢。

「你是什麼時候看見的？怎麼知道要先去開車？」

「我原本在原地等妳，也一直看著妳的背影，直到妳進去那地方後，我發現好像哪兒不對勁……」

邵中宇說，因爲距離遠和燈光不明亮的關係，所以他並沒有看得很清楚，可是他卻隱約覺得，我的身影過於龐大，一直到我進去那扇門後，他才注意到並不是我的身影龐大，而是我背後黏了東西，因爲那道影子從我的身後分離出來，跳到了平房頂端。

在月光下，那宛如人形卻不是人的身體扭曲成人類不可能會有的模樣，纖長的四肢更是四處亂伸，像是在空中扭來扭去的充氣布偶一樣。

頓時邵中宇頭皮發涼，怎樣也知道那不是好東西，他抓緊了胸口的媽祖護身符，雖說媽祖會保護他不被鬼侵擾，但可不會保佑他不見鬼啊！

於是，他小心翼翼的壓低身體，不讓那東西發現自己，慢慢的往車子的方向移動，好在離開時有把車鑰匙先交給他，否則後果不堪設想。

「看來我媽會逃離娘家是有原因的。」

「怎麼會這麼說？那個房子裡面有什麼？」

「那不是房子，是陵墓。裡面有歷代祖先的牌位，還有很多陪葬品，看來我媽確實是望族沒錯，只是……」我無奈的嘆氣，我之所以知道那就是媽媽娘家的陵墓，是因爲牌位上全部都是媽媽的姓氏名字，媽媽的姓氏並不常見，所以才能如此確定。

更重要的是，我在那裡見到的東西，那個木盒，雖然我沒有眞的去碰它，但我也知道那是什麼。

那一定就是發出在我腦海中音樂的盒子，那個音樂盒。

然而當我親眼見到音樂盒的時候，那強烈湧上的不安，讓我頓時只想逃離。媽媽一定也是這種感覺，才會急著想逃離娘家。

媽媽的死亡，一定和那個鬼東西脫不了關係。

「我不知道是小說看太多，還是聯想力太好，妳聽聽我的推論。」邵中宇挪動了一下身體，看了一下手機搜尋到的東西，「能將祖墳蓋成那樣，一定是很有錢的名門望族，而妳媽姓氏這麼特殊，可是卻搜尋不到相關新聞，表示並不是生意起家、也不是什麼有名氣的家族，有可能是那種神祕的有錢人家，世界上不是很多那種神祕家族嗎？有錢了好幾個世紀，但是都沒有浮出檯面。」

「嗯嗯，繼續說。」

「所以我在想，這麼有錢卻又如此低調，要嘛是犯罪生意，但不可能。要嘛就是靠一些法術，有些有錢人家不是會養小鬼之類的，那個東西就是妳媽娘家養的小鬼，靠小鬼致富，卻又如此低調。這也能解釋為什麼妳會聽到跟妳媽一樣的聲音，還有妳會受到吸引。」

「你說得很有道理，我也有想到這個。但是我媽死了，而我又被吸引過去，難道是法術失敗，導致反噬飼主之類的嗎？」

「對，我就是這樣想，可能之前是妳媽負責，但是她不是逃離娘家嗎，所以那東西可能也找了她很久，然後可能要妳媽回去，但是妳媽不要，所以就……」

邵中宇聳肩，「然後現在就輪到妳了。」

我搓了搓自己的臂膀，「我都毛起來了，但是你知道嗎？我覺得你說得很有可能。」

憑現在的線索，還有看了這麼多小說與電視，大概也是得到這樣的推論罷了。

「那怎麼辦？」

「什麼怎麼辦？」

「妳還要回去找妳媽那邊的家人嗎？」

我咬唇，「可以的話，還真不想呢，那東西太可怕了！」

「是啊！我這輩子都不想再見到那鬼東西了！」邵中宇也同意。

我們安靜下來，各自喝著飲料。

「不過啊……」他緩緩開口，「那東西不是都已經找到妳了嗎？」

「嗯，而且還看到我了。」

「所以……無視它的話，好像也沒有用。」

「嗯，好像是呢。」

邵中宇喝了口飲料，「那怎麼辦？去廟裡？」

「你忘記我被廟拒絕嗎？」

「不一樣，這次去我乾媽的廟吧。」邵中宇搖晃著他的護身符，「雖然沒有保佑我們沒見鬼，但至少沒發生什麼事情。」

「聽起來好像不太可靠。」我失笑，但眼下也只有這個方法，「記得瞞著我爸。」

「那當然，妳爸知道該有多擔心，況且要是知道阿姨是被害死的話……」

「其實我也不知道哪種比較好，」得知媽媽不是自殺的，我當然是高興的，至少我的媽媽是真的過得很開心，沒有自殺的理由；可是知道她是被殺害的，那她面臨了怎樣的恐懼，讓我無法想像，「應該說，沒有什麼比較好，應該是要活著才是吧。」

「是沒錯啦。」邵中宇嘆氣。

就這樣，我們約好天一亮就馬上去媽祖廟，現在只得先在這人多的餐廳中，等待漫漫長夜度過。

5.

我大概是睡著了，不，我確定我是睡著了。

因爲我又站在那間不可能會回去的平房裡面。

「要死了，快醒來、快醒來！」我用力打著自己的臉，還捏了臉頰，但是完全沒有用，感覺得到痛，可是就是沒醒來。

「邵中宇！把我叫醒！快點叫醒我！」我大叫著，一邊往祖墳外跑去，可是當我踏出該是出口的地方時，卻又瞬間回到了看起來是客廳的地方。

「在夢裡鬼打牆！」我忍不住罵了句髒話。

瞬間，我全身雞皮疙瘩竄起，在我身後的小房間，那放有木盒的房間，傳來了木地板被人踩過的嘎吱聲。

有人在後面，在這荒謬到不行的地方，夢見荒謬到不行的夢，那門後是什麼東西，我想應該清楚得很。

我可不想再見到那恐怖的鬼東西啊！

吱——

忽然那門被打開了，明明不想見鬼，但我還是出於反射動作轉過了頭，然而出現的卻是我意料之外的人。

我瞪大眼睛，對方也一臉驚訝。

「媽、媽媽？」

「妳……妳怎麼會在這裡？難道、難道它找上妳了？」媽媽驚慌的說，雙眼還左右兩邊找尋，「妳快離開！快點！」

「媽媽，妳是被它殺死的對吧？那個東西是什麼東西？它找上我要做什麼？」

「我沒辦法跟妳說太多，快點離開，在它回來以前，別讓它發現妳……」

「媽媽，它早就發現我了，我會在這裡一定也是它帶過來的！」我抓住驚魂未定的媽媽，令我爲之一顫的是，我居然能摸到媽媽的身體，那溫熱的體溫，就好像她還活著一樣。

「什麼!?」

我把這段時間發生過的事情，還有我和邵中宇的猜測都簡短的跟媽媽說過一遍，然而從媽媽那兒，我得知了一個震驚的消息，就是她從死亡以後，就被困在這個地方，也就是說，我和爸爸每年的祭拜、每次的供奉，媽媽都不曾收到、也不曾見到我們。

而這雖然是祖墳，但是卻不是現實中存在的祖墳，而是處在陰界。像是裡表世界一樣，這裡與我們存在的地方幾乎沒有不同，只是是不同世界。

「我們家族的人，死亡都會葬回這個祖墳，只有這樣才能回歸家族，獲取到生人的供品。所以……我葬在別的地方，是什麼都拿不到的。」

「那妳、妳還好嗎？在這邊是……」我一陣混亂。

媽媽皺緊眉頭，「如果它已經發現妳了，那把妳送來，一定就是它的意思……它就是不肯放過我們啊……」

「媽媽，告訴我是怎麼回事！」

她嘆氣，讓我看了那小屋裡的木盒，說起了和邵中宇猜測差距不大的故事。

木盒是他們家族的守護神，但是具體來說，是從什麼時候開始存在，沒有人知道。他們只知道，這木盒帶給他們財富，但來源並不光彩，所以他們低調的在深山生活。

木盒裡頭是什麼模樣，沒有人眞正看過，但是流傳下來的都說是音樂盒。事實上也沒人懷疑，因爲所有人都可以在腦海中聽見，那段詭異的旋律。

家族裡頭支系龐大，每個人都知道音樂盒的存在，終其一生一定腦中也會響起旋律好幾次，但眞的見過木盒本尊的人不多，而這木盒一直都放在祖墳裡頭供奉著。

這木盒有兩點一定要遵守：第一，不可以打開，打開以後會發生不幸，而是怎麼樣的不幸，都說最好不要知道。

第二，有幾個人要負責看守，又或著說餵養這木盒。

每逢月圓之夜，他們必須滴血餵食木盒，將血滴在木盒蓋上，它會瞬間吸收進去，而在桌子上的符文則會隱隱發光，接著木盒會稍稍晃動一下。

他們都知道，木盒裡面有東西，即便大家都知道是音樂盒，裡頭一定也是一般坊間會看見的音樂盒構造，可是他們也確定，裡面還有其他的東西。

木盒會自己選擇要誰來餵食它，通常是出生後三個月內，嬰兒會在月圓之夜哼出那音樂盒的旋律，就表示被木盒選中。

而被選中的人，必須餵食音樂盒到老死，當然它也不是這麼不通情理，偶而幾次沒有全員到齊，它也不會生氣。

只是從來沒有人，像媽媽一樣會逃跑。

「我跑了快要十年，我以爲它早就放棄我了，但是沒有想到……」

媽媽說，那一天是平凡的一天，即便那音樂聲音在她腦中越來越清晰，即便她已經夢見它站在家門口，但是媽媽還是想維持假象的和平，想裝作不知道。

她買了菜和水果，想著晚餐的菜色，就已經要走到我們家的時候，卻在路口停了下來。

從腳底涼至後腦的冷冽，吐出的氣息都是冰冷，她的雙腳失去了自己控制的力量，雙手的菜與水果就這樣掉在地上，然後她僵硬的轉身，往後頭走去。

媽媽的眼眶含淚，她看見了它，正帶著恐怖的笑容站在旁邊，手舞足蹈。那是第一次，媽媽親眼看見了它，她聽見了從它身上傳來的旋律，原來他們一直供養的就是這樣的怪物。

它沒有說話，雖然笑容高掛，但看起來不是很高興，媽媽的腳步一直往前面的廢棄大樓走去，她想要停下，想要奪回自己身體的掌控權，但是徒勞無功。

她可以理解它的意思，像是在說『為什麼不回來？』、『逃這麼久？』、『以為我找不到妳嗎？』

可是，最讓媽媽毛骨悚然的是，她感應到它的那句：『好想念妳血的味道。』

她知道自己躲不過了，當她逃離娘家的時候，就有一定程度的覺悟，知道自己有一天或許會死，可是她還是抱著僥倖的心態，認爲那麼多人供血，少了她也沒關係，再其他人遞補也行。

於是她和人結了婚還生了孩子，度過了一段不長也不短的幸福歲月。

她太過天眞，還以爲自己眞的可以一直這樣逃下去，還以爲它會放過她。

當媽媽站在那個天台時，她知道它要她死，因爲它不能留下背叛過它的人，所以她在被控制之下，跳下了天台，並非出於自願，但看起來就像是自殺。

我聽得淚流滿面，媽媽死前遭遇了多大的痛苦與恐懼，在那東西的注視下結束生命，死後更是被留在這祖墳之中。

「雖然是它把我困在這裡，但主要也是因爲我的屍骨沒有被正確的收到祖墳之中，才被留在這。」

「意思是說，只要把媽媽的骨灰移過來這裡，妳就不需要被它困在這了？」

媽媽點點頭，我抓住她的手：「好，我回去一定會把媽媽的骨灰移到這，但是媽媽，我要怎麼找到妳的家人？」

「不要做這些事情，妳出生的時候……也曾經哼過那首歌，它選中了妳，妳要是回來，絕對會被他們留下的！」

我感到晴天霹靂，但同時也不太意外。

否則，它幹嘛要出現在我面前呢？

「要不是我逃跑了，要不是我爲了貪圖自己的幸福生下了妳，妳今天也不會變成它的目標之一……」媽媽聲淚俱下，而我想起廟方人員的話。

難怪他們會說，沒有辦法處理我的事情。

「嗯，媽媽，妳不用擔心我，反正不就是每次月圓餵血給它就好了嗎？而且不是也沒有限制一定要每次出席嗎？」我樂觀的安慰媽媽，「妳的家人餵食血液多年，也沒有發生什麼事情吧？」

「是沒有……大多餵血人都能安享天年……」媽媽流著眼淚，「但我還是不要妳那樣，那畫面與場景多詭異，餵血這種事情……」

「但是沒有辦法呀，不是嗎？況且如果反抗它的話……」我掉著眼淚，看著眼前的媽媽，然後緊緊抱住她，「我回去以後一定會馬上把妳的骨灰遷回這裡，然後我也會好好的做好自己該做的事情。」

並不是我對命運投降，而是對抗它的下場我們都親眼看見了，我只能一邊順從、一邊找尋解決的方法。

媽媽看著我，眼眶濕潤，忽然她臉色一變，驚慌的看向我背後：「它回來了！妳快走！」

「我也不知道怎麼走啊……是它帶我來的……」我有些無奈，從媽媽蒼白的臉可以知道，那個東西現在就在我背後。

一想到轉頭又得再見一次它那恐怖的模樣，就讓我要深呼吸好幾次做心理準備，但好在有媽媽在這陪我。

所以我轉過頭，見到它那如白紙的面容以及被縫起的眼睛與嘴巴，它正咧嘴笑著，腥紅的雙眼想必就是呑食人類的血液多年的關係吧。

它細長的手朝我伸來，腐臭的味道撲鼻而來，我忍著想吐的衝動，身體已經因爲恐懼而不斷發抖。

接著一個彈指，我再次張開眼睛，已經趴在餐廳的桌子上睡覺。

我看著窗外，天空已經微亮，而我的身體卻些微發抖，眼角也濕潤著，剛才的並不是單純的夢，我被那東西帶到了另一個世界。

「邵中宇！」我叫醒了原本還睡得香甜的他。

「不要打我，我是好人！」迷糊的邵中宇彈跳起來，嘴角的口水還掛在那。

「我剛才思緒被帶到另一個世界。」我不拐彎抹角，直接把剛才的事情全部都告訴他，邵中宇聽得目瞪口呆，嘴巴張得老大。

「哭么！好可怕，我要嚇死了！這下子要怎麼辦？」他唇色發白。

「還是依照我們原定計畫，去找你乾媽的廟，然後我要把我媽的骨灰遷回到那祖墳，可是不能讓我爸知道，不能讓他擔心，所以我們要偷偷的來才行。」

「喔！妳的意思是說，我們要偷偷的把妳媽的墓挖開，然後移走她的骨灰，而且絕對不能被任何人發現嗎？」

「你是白痴嗎？當然是請人家來弄，只是別告訴我爸而已。」

「喔，我還以爲我們要半夜去挖墓呢，差點要嚇死！」邵中宇誇張的拍著胸口。

「我都搞不清楚你是不是在搞笑了。」我笑了出來，邵中宇也笑了，在這種緊急又危難的時刻，我們也只能這樣自娛娛人的讓神經不至於太緊繃了。

6.

邵中宇的乾媽廟宇並不是一般常聽見的大廟，而是在地方的小廟宇裡頭。他說，每間廟當然都有神明的分靈體進駐，不管怎樣至少也會有官兵官將站哨，所以其實哪間廟宇都可以。

只是，神明喜歡清淨的地方，所以大多時候，他們主神都會停留在清幽之處。

「我想媽祖一定可以幫上忙的。」邵中宇對他的乾媽很有信心。

一踏進廟裡，溫暖的氣息傳來，我感受到了安心與舒適，頓時明白了邵中宇的意思，這間廟宇一定有神明存在。

「阿伯！我來了！」邵中宇對一位白髮的老先生打招呼，對方正在泡茶，也帶著笑容正準備舉手，但是卻在看到我的瞬間瞪大眼睛。

「這位……」

「我已經被別間廟趕出來了，請不要趕我走。」我立刻搶先回答，阿伯皺了眉頭，而邵中宇連忙說：「不是眞的要趕我們走吧？」

「沒有要趕你們走，但是這個業障太大，我們沒辦法處理。」

我的希望頓時被澆熄，邵中宇看著眼前媽祖的神像，又看向阿伯：「真的完全沒辦法嗎？乾媽也不行？」

「這種因果的劫，是無法插手的。」阿伯搖頭，說著那累積著好幾世代的障，牽扯糾葛太多因果，他們不能隨意介入。

「可是她什麼都不知道。」

「解鈴還需繫鈴人啊。」阿伯搖頭，「妳得回到發源地，才有可能解開一切。」

「解得開嗎？」

「很難，至少在妳這一代，沒辦法……」阿伯又看了我一眼，然後看向神像一眼，然後嘆氣對我說，「妳有死劫。」

沒想到我會聽到更恐怖的噩耗，頓時心失了方寸。

「阿伯啊！這是真的假的？沒有辦法解嗎？」邵中宇聽到也慌張了。

「我剛才說了，解鈴還需繫鈴人，這是因果劫，沒有辦法靠外力來處理，妳只能回到源頭。」阿伯看著我的眼神充滿無奈。

「啊這樣子不就無解……」邵中宇嘆氣看著我，「對不起，沒有幫上妳的忙。」

「不會，我們不是得到答案了嗎？」我露出微笑，保持樂觀的說，「就是必須回到源頭。」

「那這樣跟妳一開始說的也一樣啊，就是要把妳媽的骨灰帶回去，我原本以爲乾媽會有什麼好方法呢。」

「憨囝仔，乾媽不是萬能的，還是有很多事情必須依照流程，而且也有先後順序啊。」阿伯說著。

「我知道了啦，那這樣子我陪妳回去吧！」

「喔，這不行喔！」阿伯緊張的阻止，「這是她的劫，不是你的，不要去蹚渾水喔！」

「阿伯，你這樣阻止，好像她那邊凶多吉少。」

「小姐，我也不隱瞞妳，妳這個不好處理，而且我們也沒辦法處理，只能靠妳自己，至於結局是什麼，就看您的造化了。」阿伯誠摯的說，我雖覺得遺憾，但也只能接受。

離開廟宇的時候，邵中宇不斷對我道歉，但我告訴他這沒什麼好道歉的。

「因爲我好像給了妳希望，讓妳認爲有辦法解決，結果……」

「這也是沒辦法的啊。」

他皺起眉頭，「爲什麼妳看起來好像很豁達一樣？」

「難道要哭天搶地嗎？」

「也不是，但就覺得好像接受得很快似的。」

「因爲我夢見媽媽了，我知道這件事情無法避免，也知道逃避會得到跟媽媽一樣的下場，所以我更應該把時間花在處理事情上面。」我握緊拳頭，其實我也不是眞的不害怕，但見到媽媽加強了我的勇氣，我有更多重要的事情得做。

「妳好堅強。」邵中宇崇拜的看著我，「眞的不用我陪你？」

「眞的不用，要是你發生什麼事情的話，我會承受不了的。」我握緊他的手，「所以你就等我好消息吧。」

「有任何需要幫忙的地方，一定要跟我說。」他也回握我的手。

我帶好了媽媽的骨灰，在欺騙爸爸自己要和邵中宇出去玩幾天後，這一次在白天來到了那個平房。

白天看起來，這裡一點也不可怕，而我左右張望，那一天來的時候就有發現，這座祖墳非常的乾淨，連供奉的花都十分新鮮，所以我想每天都一定有人過來祭拜。

所以我拿著媽媽的骨灰在這裡等著，果然沒多久，就有幾個穿著黑衣服的人走了過來。

他們見到我時，那表情瞬間變得很不友善與警惕，我站了起來與他們鞠躬，緊緊握著手中的骨灰。

「妳是誰？」帶頭的人看起來年約五十多歲，身體健壯且高大，說起話來也十分有魄力。

「我……把我媽媽的骨灰帶過來，因爲她必須要葬在祖墳裡。」

他們一聽到我說的話，原本站在後頭的老人家走向了我，然後瞇起眼睛，接著又睜大，「啊……妳是她的女兒啊……」

大家似乎聽到這樣子，就理解到我媽媽是誰了，表情轉爲和善，看來就算媽媽背叛它，但族人並沒有怪罪她。

一個女人接過我手中的骨灰，將媽媽帶進去了祖墳，而其他人簡單的清掃過後，供上了鮮花素果，然後邀請我一起上車。

車子一路往更深的山裡走去，這裡看似無路，但仔細一瞧便能發現，應該是人爲將此路弄得不甚明顯，鋪上了葉子以及樹枝掩蓋。

最後，車子停在一座木製的大門前，而一旁高牆圍繞，沒想到深山裡頭有這樣驚人的建築物。

木門上的監視器看見車子後打開了門，木門往左右兩邊敞開，裡頭的景象讓我瞠目結舌，儼然是一個小村莊。

裡面有許多矮房，還有田地、花園、菜園、雜貨店等，幾乎不用出去就能在裡面生活著。

「這是……」我驚奇的看著這一切宛如動畫裡才會有的場景。

「我們歷代都在這裡生活，與音樂盒相安無事，我們都知道裡面的東西惹不起，也知道哪些禁忌不能犯……」

在車上，我將事情一字不漏的都告訴了他們，當他們聽見我提到它的模樣時，都皺了眉頭。

沒有多少人見過音樂盒裡面的東西，因爲相傳音樂盒絕對不能打開，打開就會有嚴重的後果。

而桌子的符文的確是要鎮住裡頭的東西，但並不表示它不能出來，只是沒辦法傷害他們罷了。

他們的祖先曾經和這東西約法三章，會用餵血與它交換家族的興盛，而它也要保佑他們不被商場上的敵人傷害，而且它也不能隨意傷害他們，除非他們先背叛了它。

「我們用血餵養它好幾百年，所以它認得我們族人的血，也喜歡血的味道。」老人說著，「它都去找妳了，妳也知道自己的任務了吧？」

「我也得加入餵血的行列，對吧？」

「而且不能跟妳媽一樣逃走，這樣子只會落得跟妳媽一樣的下場。」

我抿唇，「但是我不用住在這裡，對吧？」

他們幾個人面面相覷，不懂我的意思。

「我只要餵血的時候過來，應該就可以了對吧？平常我還是可以回家。」

「外面的世界有什麼讓妳牽掛嗎？」高大的男人問。

「我的朋友和爸爸，還有我的生活都在外面……」怎麼覺得有點不對勁？剛才氣氛還算不錯，可是現在……

「當然，畢竟妳本來就是在外面生活的。」但是老人卻笑了起來，十分大方，這讓我鬆了一口氣，「今晚正好是月圓日，所以妳得留在這才行，明天就讓妳回去。」

「但是我沒有準備任何東西，還是我餵血完畢後就回去?」

「這裡會有妳所有需要的東西。」女人說，「妳媽媽之前是唯一被選中的女人，如今妳也是唯一的女人，所以妳很重要。」

「咦?所以只有我一個女生?」

「沒錯，它每次都只會選一個女生。」高大的男人說著，然後將車子停在停車場。

「妳今晚就在這好好休息吧，時間到了我會去叫妳。」老人微笑著說。

我被安排在一個獨棟的房子內，裡頭乾淨整潔，生活用品一樣不缺，說實話，還挺舒適的，看來這好像是餵血人專有的禮遇，因爲我看其他住家似乎沒這麼大。

我拿出手機想和邵中宇報平安，可是這裡收不到訊號，更不可能有WIFI，沒有電視，也沒有收音機，絲毫沒有任何可以接觸到外面世界的東西。

忽然，我理解媽媽爲什麼會逃了。

我感到一陣噁心，只想快點離開，但無論怎樣，也得把儀式做完，再看看有沒有機會破解。

或許是因爲太過無聊，所以我睡著了。

夢裡，我穿著全身黑衣，與一些人站在那木盒前面，外頭的月亮又圓又大，明亮得詭異，使得整個小屋子裡頭都泛著月光。

第一個人將手放在木盒上頭，拿出刀往自己的手腕劃下，沒有猶豫，而下手也不輕，鮮血很快的流了出來，滴落在木盒上，但是木盒瞬間吸收。

他將刀遞給我，我這時候看清他的臉，是個與我年紀差不多的男人，眼神深邃，五官俊美，瞬間我心跳加速。

我有樣學樣，也將手放到了木盒上，但是我不敢將刀子劃過我的手腕，所以我只切破了指尖，鮮血一樣流出，木盒吸收之後，似乎顫抖了一下。

刀子往下一個人傳去，就這樣子，大約有五個人左右。

所有人都餵完血後，我又看了一下那個男人，他發現我的眼神，對我淺淺一笑，在月光之下，他的臉實在令人印象深刻，烙印在我的心上。

然後我張開眼睛，自己還躺在房間裡的床上，可是我的左手指尖傳來刺痛，有著和夢裡一樣的傷口。

原來餵養血，是在夢中進行。

與其說是夢中，不如說，是在裡世界。

7.

我來到這裡已經兩個禮拜了，當初說好隔天就會讓我離開，但是並沒有。

雖然說沒有限制我的行動，讓我可以好好參觀這村子的各個地方，可是唯獨大門不讓我出去。

我曾大吵大鬧過，但是並沒有人理會我，甚至依舊禮遇我是餵血人。

這天，我又站在木門邊，想著該有什麼辦法離開時，有個人過來和我打招呼。

「嗨。」

我一愣，見到的是夢中的他。

「啊……」忽然我心跳加速，講話也變得結巴。

「我們見過，妳記得吧？」

「嗯。」我不知道該說些什麼，只覺得自己臉頰發燙，我也振作一點，這時候還在害羞什麼啊！

「我想我還是跟妳說一聲比較好，妳應該是沒辦法出去了。」

「什麼!?」我抬頭對上他的眼睛，深邃無比，像是可以把我的靈魂吸進去。

「還有，妳也不要一直提到自己在外面的世界有多少放不下的人，嗯……不然他們會被解決掉。」

「什麼?」這下子我可沒時間害羞了，我抓住他的衣服，「什麼意思?」

「不可能讓珍貴的餵血人離開啊，尤其在有過妳媽的例子後，戒備也都森嚴很多了。嗯，除非有什麼事情，才會讓我們外出，但是外出妳也不要想逃跑，妳也知道的，守護神雖然不能傷害我們，喔，除非背叛它，但是它可以對別人下手。」

「你的意思是……」

「要是妳不放下對外面世界的留念，守護神可能會直接斬斷妳所有的留念喔。」

我寒毛直豎，我知道它辦得到。

「所以，妳就安穩的在這裡生活吧，這裡什麼都有。」他對我微笑。

「爲什麼要告訴我這些?」

「因爲……守護神是偉大的存在，或許妳會覺得它不是好東西，可是它的確保佑我們好幾世代，隨著妳餵血的次數多了，就能夠更理解它喔。」他的眼神充滿對它的敬愛與崇拜。

明明如此詭異的事情，但是看著他的臉，我卻好像被他迷惑了一樣，覺得這樣說的他十分帥氣。

那天夜裡，我做了一個夢，夢見自己待在家裡，但是怎麼叫爸爸，他都沒有回應，於是我走向爸爸的房間，卻看見它站在爸爸房門前。

它依舊用那恐怖的臉對我微笑，明明沒有說話，但我卻懂了它的意思。

要是我去找爸爸，它會殺了他。

所以要是想保護我心愛的家人與朋友，那我就必須割捨他們。

於是我走回廚房拿了把刀子，然後又走到它的面前，接著我割了自己的手腕，流下了鮮血，宣示對它的效忠。

它很滿意的笑了，我知道自己沒辦法逃。

場景忽然轉換在村莊裡，我的房間內。

那個與我差不多年紀的男人就站在窗邊，他正翻閱著書籍，然後他抬頭與我對上眼，接著給我一個淺笑，朝我伸手。

我懂它的意思了。

它會給我新的留念，給我新的家人。

只要這麼做，它就不會傷害我原本的朋友與家人。

隨著我餵血的次數越來越多後，我覺得自己產生了不一樣的感覺。

每一次的血液流出，都像是在與它進行精神交流一樣，增加對它的崇拜與敬重，也加深了對每一次都站在我身邊的他的感情。

這就像是毒藥一樣，讓我上癮。

我還記得自己曾經多害怕它，也記得自己多想逃離它。

可是這時候，好像一切都不重要了。

我似乎已經完全效忠了它，融入了這個村子。

然後我也多少透過血液，知道了一些事情。

例如，這個音樂盒聲音之所以這麼特別，是因爲使用了人骨製作。

而這件事情，只有餵血人透過血液才會知道。

至於是誰的骨頭、又是誰製作的，就完全不清楚了。

另外，就是音樂盒絕對不能打開，否則第一個遭殃的會是我們這些餵血人。

我當然知道，爸爸會多心急如焚的找我，而邵中宇會多自責自己沒有幫上我的忙，他們或許一輩子都無法釋懷。

可是對我來說，那些都好像是上輩子的事情了。

我朦朧的知道，我似乎是被洗腦了，可是我卻心甘情願，這種心情說不上來，或許也是一種心靈控制，明明知道，卻不願意思考。

我想這樣子，也會比較幸福吧！或許村裡的每個人都是這樣。

那媽媽又怎麼會清醒的逃開呢？眞不可思議，難怪它會要殺掉媽媽。

就這樣，我在這裡度過了好長一段日子，我和男人在這裡完婚，我們也有了生育的打算，我也習慣了這裡，甚至覺得這樣的幸福也不錯。

一直到某天，村裡傳來了警報的聲響，而我們這批餵血人都從惡夢中驚醒。

「有人……打開了音樂盒……」我和男人從床上彈起，第一句說的話就是這個。

我們都在夢裡見到了它，但它的面容不復以往，雙眼撐大，將那些縫線都拉破了，流下血淚，它的嘴張得老大，像是深淵一樣絕望。

「快點，快點準備好，我們必須去抓住那些打開音樂盒的人。」餵血人們吆喝，我們趕緊穿上了黑色的衣物，在深夜裡前往祖墳。

那裡凌亂不堪，地面上甚至有用過的保險套，而木盒散發著黑氣，充滿不祥。

我們所有人都懼怕不已，不知道會發生什麼樣的事情，但是當務之急，得先找出……到底是誰打開了音樂盒……

第三樂章

綁架

龍雲

1.

走出便利商店，莉雅看著眼前停了一整排的機車，淡淡的嘆了一口氣。

雖然不認識這些機車的主人，但是莉雅很清楚，這些機車的目的地恐怕都是同一個地點，讓人有種殊途同歸的感覺。

她實在不明白，這樣的夜遊到底還有什麼意義，如果她可以選擇的話，她寧可窩在阿滔的沙發裡，兩人摟在一起看個網飛或者是電影，遠比在這裡吹風好多了。

可能眞的是年紀大了，早就不是那種整天只想著浪漫的少女。雖然說才剛從大學畢業還不到五年的時間，但是心態上早就已經不再存有那種少女的幻想。就連交往都變得比較實際，不再是整天膩在一起就開心的時代了，反而希望可以跟生活一些事情結合，像是看電影、追劇當成約會，對莉雅來說才是理想的約會。

但是今天也不知道是怎樣，原本就只是一個聚餐，卻演變成上山看夜景的局面，搞什麼鬼啊！

莉雅翻了翻白眼，身後的電動門開啓，熟悉的聲音傳入了莉雅的耳中。

「天啊！一顆茶葉蛋都沒有，不會太誇張了啊？」女孩的聲音傳來。

這女孩也是這次夜遊的始作俑者，紹強的女友筱蕙。

就是因爲她的提議，才促成這場夜遊，讓莉雅不免又在心裡碎唸了幾句。

至於便利商店裡面沒有茶葉蛋，倒不是因爲缺蛋，而是在這個特殊的地方，茶葉蛋可是最熱銷的產品之一。

畢竟看著美麗的夜景，配上一顆熱呼呼的茶葉蛋，兩人依偎在一起，要多浪漫就能有多浪漫。

想是這麼想啦，但是一想到景點擠滿了人，萬頭攢動不說，吵雜的聲響以及一個不小心就會起爭執的場面，讓人眞的一點浪漫的心情都沒有。

因此只要體驗過幾次，就沒什麼感覺了，莉雅才會顯得興致缺缺。

雖然心中很排斥這次的夜遊，不過莉雅並沒有向男友阿滔表示什麼，畢竟轉念想想，兩人交往也好一段時間了，最近就連莉亞都開始有那種老夫老妻的感覺，徹底脫離所謂的熱戀期。

或許像這樣偶爾有點小浪漫，確實是件不錯的事情，不過看著眼前便利商店的機車數量，恐怕山上已經不知道有多少人了，只怕還沒感覺到浪漫就已經一肚子氣。

紹強跟阿滔兩人這時也走出了便利商店，既然採買完畢，四人也騎上摩托車，朝山上挺進。

「爲什麼會突然要來看夜景啊？」坐在後座的莉雅終於受不了提出了疑問。

「因爲筱蕙說前陣子她有個閨蜜跟人上來，」騎著車的阿滔說，「發現一個很好的地點，聽說幾乎沒有人知道……」

聽到阿滔這麼說，莉雅忍不住翻了白眼。

說實在的，她非常不喜歡紹強的女友筱蕙，如果不是兩人的男友是摯友，她這輩子絕對不會跟筱蕙這樣的女孩做朋友。

虛榮、趕流行，總是一副高高在上的模樣，有著強大同溫層的閨蜜圈，雖然不是什麼名流貴婦，但是態度跟模樣倒是挺像的。相較於莉雅，就是十分樸素，不追求什麼流行，身上更沒有半點東西跟名牌扯得上邊，兩人說穿了，就是天與地的差別，喜歡與追求的東西毫無交集。

不過對此莉雅沒有也不想發表任何看法，畢竟她不想被人貼上難相處的標籤，所以盡可能不發表什麼意見。

既然除了自己之外的三人都贊成此行，莉雅也不想多說什麼，只是懷著不怎麼期待的心情，看著不遠處騎在前面的機車。

山上的路錯綜複雜，不過大致上來說，就是一條主幹道，搭上無數條小徑，只要騎在主幹道，就可以抵達看夜景的幾個熱門地點。

一般來說，除非是住在這裡的居民，不然光憑來過幾次的經驗，紹強也絕對不會想要騎上任何一條偏離大道的小徑，畢竟如果不是有人指路，就算開了導航恐怕也不知道會通往哪裡。

離開便利商店後，兩台機車一前一後行駛在大道上，前後方都還有其他機車的蹤跡。

就這樣持續騎了約莫五分鐘左右，後座的筱蕙拍了拍紹強的肩膀。

「小薰說的就是這裡。」筱蕙指著其中一條小路說，「從這邊上去……等等。」

他們等到後面跟著的幾台機車過去之後，趁著沒車經過之際，騎上了小路。

畢竟這趟夜遊就是要躲避這些人潮，如果彎上小路後，被其他車子跟上去，一切都白費了。

彎上小路騎沒多久，果然很快就變得安靜與陌生，小路有點陡峭，蜿蜒在山壁邊，讓紹強跟後面的阿滔都騎得有點辛苦。

看著這荒廢又彎曲的小路，讓紹強心中就有點後悔了，小路沒什麼照明，所以只能靠著車子的頭燈來挺進。

兩台車子降慢了車速，一前一後慢慢順著小路朝山上前進。

看著附近荒涼的景象，讓莉雅心中不免嘀咕：「當然沒什麼人啊，那麼荒涼只有白癡才會想要上來吧！」

心中對於這次夜遊不滿的情緒再度湧現出來。

其實不只有莉雅，阿滔跟紹強兩人也是越騎越奇怪，開始有點懷疑這條小路是不是真的能夠到達看夜景的好地點。

就在大家疑惑到了極點之際，原本陡峭的小路突然變得平坦，彎過一個彎道之後，不需要筱蕙告知，大家也知道已經抵達那個傳說中看夜景的好地點了。

看著眼前的景象，所有人真的都有點看傻了，從這個人煙罕至的小路望出去，兩座山谷夾著市區的燈火，感覺就好像一片燈光形成的河流，蜿蜒流入一片燈海之中。

比起那種一望無際的景象來說，這種將市區夾在山谷之中的那種神奇景象，反而有種神奇的感覺。

莉雅看著眼前的美景，那一路上的抱怨與厭煩頓時煙消雲散。

確實，如果真的環境可以這麼好的話，那麼上山夜遊倒不是一件太差的事情。

然而有別於女孩們完全沉溺在浪漫的氣氛當中，阿滔與紹強互看了一眼，心中同時有著淡淡的不安。

畢竟大半夜的，在這種人煙罕至的深山之中，恐怕有不知道多少種危險潛伏於黑夜之中，隨便想都可以浮現好幾個。

然而美景當前，兩人也不想破壞當下的好氣氛，因此也沒多說什麼，只是看著眼前的美景。

眾人看了良久後，紹強突然想到拿出手機來拍個照，他將手機對準了被夾在山谷之間的台北市區，然後按下拍攝。

由於天色已暗，四周又缺乏照明設施，手機自動偵測在拍攝的同時，閃光燈功能也閃了起來。

紹強「嘖」的一聲，打算關掉閃光燈功能，將眼前的美景如肉眼所見的拍下來看看，誰知道下一秒，他感覺到不對勁。

因爲就在剛剛閃光燈閃動的那一瞬間，自己的眼角餘光，似乎看到了……身影？

紹強意識過來的同時，立刻轉動手機，將手機的手電筒功能給打開，然後立刻照向來時的路上。

這一照，眾人幾乎同時發出驚呼。

因爲在光線的照射之下，清楚可以看到兩個身穿一身黑的身影，正朝眾人而來。兩人臉上還戴著黑色的面罩，模樣十分嚇人。

紹強仔細想想，剛剛眾人眞的沒有聽到任何的車聲，換言之，這些人很可能就是埋伏在這裡的，因此也立刻讓紹強感覺到不妙。

紹強心想，或許來到這種地方，一開始就是一種錯誤，畢竟人煙稀少，本身就有一定的風險。

雖然對方才兩個人，自己跟阿滔也是兩個男的，但是不知道對方身上會不會帶什麼武器，一想到這裡，紹強立刻低聲跟一旁的阿滔說：「拿安全帽。」

紹強說完立刻轉向自己停在路旁的機車，結果才一轉身，就發現眾人身後已經不知道什麼時候被人靠近。

眾人身後的幾個身影，沒有給紹強等人機會，紹強只感到腦袋被重物猛烈一擊，接著眼前一黑，意識也在這陣劇痛之中，逐漸散去。

2.

彷彿隔著牆壁聽到了些聲音，紹強緩緩張開了雙眼。

視線剛恢復，就看到了幾張熟悉的臉孔，一臉擔心的看著自己。

紹強剛想要起身，就發現自己的雙手被人反綁在身後。

定睛一看，其他三個同行者也一樣被人雙手反綁靠在牆邊。

這是怎麼一回事？

腦袋浮現疑惑的同時，不久前的景象也浮現在腦海之中。

四人一起到了一個無人的小路旁看夜景，卻突然被人襲擊，自己也被人打暈。

將情況結合在一起之後，兩個字也隨之浮現在腦海之中——綁架。

在紹強還很小的時候，家裡人確實一度擔心過會發生這樣的事情，因此曾經讓紹強去學一堆防身的課程。想不到好不容易熬過了就學階段，以為成年之後，這種事情應該不會發生了，誰知道看個夜景也能發生這樣的事情。

當然，身為紹強的女友，以及紹強從學生時期就是死黨的阿滔，甚至是阿滔的女友，都知道紹強家裡的情況，因此大概也都知道是怎麼回事。

眼看紹強醒來，其他三人也立刻用眼神進行交流。

紹強剛醒過來，對於情況還不是很了解，但是環顧了一下四周，只能大概知道，現在眾人位於一間不知名的客廳，房子內的擺設很簡陋，從內部裝潢看起來，就像是一間簡單的小平房，四人就被綁在原本應該是客廳的空間之中，不過此刻並沒有看到歹徒的身影。

紹強望向阿滔，阿滔用下巴努了努另外一邊的房間。

這時紹強才注意到從那個方向有傳來交談的聲音，不是很明顯，但是仔細聽還是可以大概聽到一點內容。

從音調聽起來，似乎是歹徒們有點爭執，雖然不到吵架的地步，但是可以感覺到音調的起伏與急促。

被綁住的四人只能靜靜的聆聽著隔壁房間的動靜，這時幾句對話突然傳出來。

「……問題是哪一個？」

「直接問？」

「最好他們會說啦！」

聽到「哪一個」這個問題，讓被綁的四個人臉色瞬間一沉，幾乎其他三人的眼光都瞬間轉到了紹強的身上。

還好歹徒並不在這個房間裡面，如果在場看到了其他三人的模樣，這個問題自然就已經不刃而解了。

雖然四人的嘴巴都沒有被封住，不過擔心如果交談會驚動隔壁的歹徒，所以也只能用嘴形跟眼神等等不會發出聲音的辦法來交換意見。

儘管剛清醒的時候，腦袋裡面一片空白，但是現在經過一點時間的沉澱之後，紹強也逐漸冷靜下來。

從對方交談的情況看起來，雖然他們綁架了四人，但是似乎還沒搞清楚，到底誰才是他們眞正的目標。

或許，這可以變成他們的籌碼。

雖然腦袋裡面這麼想，不過這個籌碼到底該怎麼運用，紹強還不知道。但是在這種情況之下，總覺得不應該那麼快就被對方摸清自己的底細。

紹強看向阿滔，阿滔似乎也有相同的想法，搖搖頭之後，用嘴型說了「不要說」三個字。

這時歹徒爭執的聲音變小，並且似乎要出來了，紹強等人也立刻停止交流。

果然過了一會之後，幾個身影穿過門回到了客廳。

想不到對方才剛走進來，莉雅就開口了。

「我知道你們要綁的人是誰，你們要找的是他，不是我們！」莉雅此話一出，眞的讓另外三個人都傻眼了。

先別說歹徒是不是眞的要找紹強，就算眞的是，光是這樣就把四人唯一的籌碼供出來，完全就沒有立場可以跟歹徒周旋了。

更重要的是，如果這眞的是一起綁架案，難不成歹徒還會放走其他三個人不成？

因此對於莉雅這個舉動，其他三人立刻變臉，尤其是男友阿滔，更是一臉錯愕！

然而大難臨頭各自飛，到了這種時候，不要說紹強了，只要能保命，說不定莉雅連自己男友阿滔都可以出賣。

「妳知道我們要找的是誰？」其中一個歹徒問。

雖然莉雅的背叛讓紹強感到詫異，不過這時紹強還是把注意力的焦點，集中在歹徒的身上，這時因爲莉雅的一番話，似乎將所有歹徒都引了過來，情況出乎紹強的意料之外，想不到對方竟然有五個人。

這時回應歹徒的提問，莉雅看著紹強回答：「是他！他家裡很有錢，你們要找的人就是他！」

「莉雅！」看不下去的阿滔出言制止。

無視阿滔的制止，莉雅接著說：「你們要綁的人就是他，他家裡很有錢，不是我們，放過我，綁他就好！」

「妳還不住嘴嗎！」阿滔咆哮。

「爲什麼！」莉雅不甘示弱的回擊，「他是你朋友，又不是我朋友，我沒理由要爲了他家有錢就去死吧！」

聽到莉雅這麼說，阿滔也傻眼了，他沒見過莉雅這麼蠻橫的模樣，一時之間也眞的愣住了，一臉難以置信的看著莉雅。

「哼！」一旁的筱蕙冷笑，「看你交這什麼樣的女友？」

「妳閉嘴！」原本就不喜歡筱蕙的莉雅，立刻朝筱蕙吼道，「干妳屁事！妳這個綠茶婊，妳又好到哪裡去，還不是因爲人家家裡有錢！」

「妳說什麼！」筱蕙也吼回去。

眼看眾人爭吵不休，歹徒看不下去，站在最前面的歹徒，大聲怒斥，「通通給我閉嘴！」

歹徒這一吼讓眾人安靜下來，但是兩人的眼神都充滿怨恨的看著彼此。

「我問你們，你們再開口！」歹徒下令。

眼看眾人不再爭吵，最前面的歹徒揮了揮手，另外一個歹徒回到剛剛的房間，過了一會之後，推出了一個桌子。

四人這時都看著那個桌子，只見桌上什麼都沒有，只放著一個木製的盒子。

看著這盒子，四人的臉上都浮現出有種疑惑的神情。

這時紹強突然想到，他們該不會要切除我們的手指，然後寄回去給家裡人吧？

一想到這個可能性，立刻讓紹強整張臉都白了。

歹徒將桌子推到了四人面前，帶頭的歹徒凝視著四個人一會之後，才緩緩的開口。

「你們誰……碰過這個盒子？」

這問題一出，四個人都傻了，眾人都是一臉愣愣的看著桌上的木盒。

眼看四人似乎都聽不懂這個簡單的問題，讓帶頭的歹徒再說一次。

「你們到底是誰……碰過這個盒子？」

再也受不了的歹徒，大聲咆哮了起來。

這是什麼情況？

四人愣愣的看著桌子上的盒子，都是一臉茫然。

紹強仔細看了一下木盒，從外型跟裝飾看起來，就好像是一個珠寶盒，而且有些年代了。

雖然紹強家裡有很多擺飾，其中也不乏一些精美的木製品，但是類似的設計，紹強卻從來不曾見過。至少紹強非常有信心，這是自己第一次看到這個木盒。

而從其他幾人臉上的表情看起來，似乎也是差不多的情況。

擔心一直不回答會激怒歹徒，紹強只好硬著頭皮代表大家回答：「我們連看都沒有看過這個東西。」

聽到紹強的答案，歹徒很顯然不能接受，帶頭的那個歹徒掃視過四人，然後再度重新發問。

「我再問你們一次，你們是誰碰過這個盒子？」

「不要說碰了，我們連看都沒有看過。」紹強回答。

「你們是不是找錯人了？」另外一邊的阿滔問。

阿滔這一問，雖然說其中幾人完全沒有動作，但是歹徒最後面那個身材最爲嬌小的歹徒，似乎有點動搖，輕聲在另外一個歹徒耳邊竊竊私語了一下，這些細微的細節都看在紹強的眼裡。

不過阿滔的話並沒有改變帶頭的那個歹徒的心情，他用手一一指了四人說：「你們不要敬酒不吃吃罰酒！最好老實說，不然就不要怪我們了！」

「不是，可以請你們冷靜一點嗎？」紹強懇求，「首先，那個盒子是什麼，是骨董嗎？你是懷疑我們有人把它弄壞了嗎？告訴我，如果是要賠，沒關係，你說多少錢，我們雖然沒碰過，但是我們可以……」

「閉嘴啦！」後面一個瘦長的歹徒不耐煩的叫道，「我早就說過，他們不吃點苦頭，是絕對不會說的！」

那瘦長歹徒說完之後，朝眾人走了幾步，轉頭望向帶頭的那位歹徒。

這時紹強才注意到那瘦長的歹徒手上，拿著一個扳手。

與此同時，帶頭的歹徒點了點頭，那瘦長歹徒見狀，立刻轉向紹強，一步步朝紹強走來。

「等等！」紹強想要伸手阻止，但是雙手被束線帶給綁住，沒辦法動彈。

「不要再騙了，你們真的是不見棺材不掉淚！」瘦長歹徒揮著手上的扳手走過來。

這時另一側的門突然被人打開，開門聲中斷了瘦長歹徒，另外一個歹徒走了進來。

帶頭的那個示意瘦長歹徒稍等，那進門的歹徒來到了帶頭歹徒旁邊。

「我兩個都看完了，」那歹徒搖搖頭說，「不是他們。」

那人報告完，將手上的東西拿出來交到帶頭歹徒手上。

紹強注意到那是張記憶卡，然後四處找了一下，在角落看到了四頂熟悉的安全帽，其中兩頂安全帽上面原本裝有行車記錄器，想必這記憶卡應該就是從那上面取下來的。

紹強猜他們應該是拆下兩人的行車記錄器的記憶卡，然後查看了兩人的行程，可能因此確認了一些事情。

這雖然讓紹強覺得火大，但是同時也鬆了一口氣，至少行車記錄器證明了自己的清白。

「說不定他們上次是開車來啊。」那個瘦長歹徒顯然不願意接受這個結果。

不過帶頭的那個歹徒，看著手上的兩張記憶卡，沉吟了一會之後，開口問道：「你們是怎麼知道這個地方的？」

雖然眾人都沒有回答，不過莉雅一聽到問題，眼神立刻飄到了筱蕙的身上，這等於直接給了歹徒答案。

帶頭歹徒，二話不說，走向筱蕙。

筱蕙惡狠狠的瞪了莉雅一眼，莉雅則是撇過頭去，完全置之不理。

「說，妳是怎麼知道這裡的？」

雖然筱蕙知道，如果說了很可能會害到小薰，不過眼前的情況，歹徒恐怕也有無數種折磨自己的方式，可以逼自己說出實話。

因此筱蕙猶豫了一會之後，還是開口了。

「我有一個朋友，日前跟人上來過……」

3.

在歹徒的脅迫之下，筱蕙沒有別的選擇，只能交出了自己的手機，讓歹徒可以假裝自己將小薰給找出來。

歹徒這邊也派人去約定的地點，準備去把人帶回來。

那個負責去接人的歹徒離開之後，其他歹徒也不再理會被綁在牆邊的四人。

雖然大廳瞬間變得安靜，但是氣氛卻比先前還要更冰冷。

尤其是莉雅一系列的發言，讓原本還算是朋友的四人，頓時變得有點尷尬。

兩個女的互相瞪視著對方，感覺戰火一觸即發。

果然過不了多久，莉雅率先發難。

「講一堆屁話，最後還不是出賣自己的朋友！」

「妳說什麼！還不是因爲妳在那邊看，是在看三小！」筱蕙更是口不擇言的回嗆。

「好了，現在眞的不是吵架的時候。」

對於女友的行徑，阿滔當然也不是沒有微詞，但是現在眞的不是講這個的時候。

不過兩人還是你一言我一語的爭執，就連一旁的歹徒都聽不下去了。

「不能把他們分開關嗎？聽他們吵就覺得煩。」其中一個歹徒提議。

帶頭的那個歹徒，考慮了一會之後，下巴努了一下，另外兩個歹徒站起來朝四人走過來。

紹強第一個被拉起來，兩個歹徒一左一右將他架著，帶到了位於深處再轉進一個走廊後的一個房間。

兩人將紹強擱在牆邊之後，轉身就離開了房間，過了一會之後，另外一個看起來比較嬌小的歹徒走了進來。

紹強印象還蠻深的，這個比較瘦小的歹徒，似乎就是剛剛那個有點動搖的歹徒。

與此同時，紹強不動聲色的摸了自己的手錶，如果沒有記錯的話……自己的手錶內側應該有那個東西。

摸了一會後，紹強手指順利摸到了那個東西，內心竊喜。

不過就算那個東西可以幫自己解決雙手的問題，但還是擔心會被對方發現，如果可以的話，他需要一點掩護。

紹強記得剛剛在外面的時候，這個歹徒看起來最怕事，似乎也是最好說話的。

當然，紹強知道自己沒有辦法說服這個歹徒放過自己，畢竟從情況看起來，對方根本也沒有決定權，不過他現在眞的需要一點聲音掩護一下自己……

同時對於現在這個狀況，紹強還是覺得有點莫名其妙，不懂爲什麼爲了一個木盒，需要這樣勞師動眾，唯一想到的應該就是那個木盒價值不斐。

「如果只是那個木盒，」紹強開口對歹徒說，「你們剛剛也聽到了，我們家裡有錢，不管那個木盒的材質多好，或者是什麼樣的骨董，相信我，我們家都可以賠，只要你們……」

「問題不在錢。」歹徒搖著頭語氣充滿無奈的說，而且這時紹強才注意到，原來這個歹徒竟然是個女的，不過紹強還是不動聲色，繼續問。

「那到底是怎麼回事？」

女歹徒沒有回答。

「聽我說，」紹強差不多已經掌握到了節奏，可以在說話的同時，略爲晃動自己被綁在後面的手，「你們都把我們綁成這樣了，至少可以讓我們知道爲什麼吧？那個盒子到底有什麼了不起的？爲什麼要這樣大費周章？」

「……音樂盒。」

「嗯？」

「那是一個音樂盒。」

「音樂盒？」

雖然說現在透過女歹徒的口中，得知那個原來不是一般的木盒，而是一個音樂盒，但是卻完全無助於釐清眼前的狀況。

只是從木盒的外觀看起來，加上音樂盒這個資訊，紹強幾乎可以肯定那應該就是價值不斐的骨董了。

「可是這跟我們有什麼關係？」紹強不解，「爲什麼你們會認定我們一定有人碰過那個音樂盒？」

聽到紹強的疑問，女歹徒拉了把椅子，坐了下來。

「你們看夜景的那個地方，」女歹徒說，「不是誰都可以上來的，那裡是私、人、土、地。」

女歹徒說到最後，語氣上揚，有種指責紹強的感覺。

「那你們應該鎖好啊，」紹強一臉無辜的說，「至少要有一些警告標誌之類的啊。」

「有，」女歹徒給了紹強一個白眼，「本來有個鐵網門，但是被你們或者是你們朋友破壞了。」

聽到對方這麼說，紹強也不方便說什麼，畢竟自己闖入別人的私有土地，屬於理虧的一方，因此只能淡淡地說：「抱歉，我們眞的不知道。」

「你知道在其他國家，」女歹徒說，「我們有權利一槍打死你們。」

但是我們「不是」在其他國家。

紹強想要這麼說，但是考量到現在的狀況，還是不要太過於嘴硬比較好。

「我們眞的是無心的，」紹強誠懇的說，「像我說的，如果造成任何損失，我們一定會賠。」

「你可不可以不要一直講錢啊。」女歹徒顯得不耐煩。

「對、對不起。」

紹強卑微的道歉，腦海裡面不禁浮現出一個疑問，自己的人生裡面，就算是對自己的爸爸，似乎也不曾有過那麼卑微的時刻。

眼看紹強拚了命的道歉，女歹徒也不再計較，接著說，「你們私闖土地，我們可以不計較，但是在那之後，你朋友做的事情……」

紹強一臉不解。

「你們看夜景的地方再往上走一點，」女歹徒接著說，「有一個祖墳，因爲裡面有許多祖先的骨灰罈跟陪葬品，所以比較大一點，外觀看起來不像是墳墓，反而像是一間平房。」

紹強點了點頭。

「你的朋友們，」女歹徒搖搖頭說，「不但闖進去裡面，還在裡面幹了……那種事情。」

原本紹強還想問，你們祖墳裡面是有監視器嗎，不然怎麼會知道人家進去裡面幹了什麼，誰知道對方下一句話頓時解答了。

「在人家祖墳亂搞，」女歹徒語帶嘲諷，「完事還直接把用過的保險套丟在地上，髒死了。」

聽到女歹徒這麼說，紹強這下子還眞的沒辦法說「不然我們賠你們」這種話了。

「就像我說的，裡面有很多陪葬品，」女歹徒說到這裡，冷哼了一聲，「哼，你的朋友偷走了一些，然後……那個音樂盒，也是陪葬品之一。」

這下子紹強終於知道了兩者之間的關聯了。

「你的朋友雖然沒有偷走，」女歹徒揭曉最後的謎底，「但是卻將它打開來了。」

其實在女歹徒說到祖墳裡面的事情時，紹強腦海裡面浮現出筱蕙的那個閨蜜小薰，兩人之前確實見過幾次面，大概也知道她是什麼樣的個性，確實在他的印象中，那女孩有點瘋瘋的，的確是會搞出類似這種鳥事的人。

然而，事情聽到現在，如果對方要爲了破壞他們的門，私闖他們的土地，搞人家祖墳，甚至偷了陪葬品，因而找上門，反而紹強都還能夠理解，但是因爲打開音樂盒？

「不是，音樂盒本身設計不就是爲了讓人打開來，才會有音樂嗎？那音樂盒有什麼特別的嗎？」紹強提出自己內心的疑惑。

「我也不知道，」女歹徒嘆了口氣說，「唉，我只知道，一旦音樂盒被人打開，不但那個打開的人會遭遇不測，就連我們全家人都會牽連受害。」

紹強聽完眞的傻眼了，這是什麼狗屁原因啊？

不過與此同時他大概也感覺到事情有多糟糕。對他來說，這種迷信的人與瘋子沒什麼兩樣，根本沒有辦法用所謂的邏輯來溝通。

不過現在可不是好好跟對方討論邏輯的時候，紹強知道自己還需要一點時間……

「你們找到那個打開音樂盒的人要做什麼？」

「這個我不清楚，」女歹徒語帶無奈，「不過簡單來說，應該就是要做某件事情，把音樂盒重新封起來。」

「你們這……」紹強皺著眉頭，盡可能理性的問，「不會太大費周章了嗎？」

即便如此，女歹徒還是感覺到了紹強語中帶著的嘲諷意味。

「我不是說，」女歹徒說，「上去一點有個祖墳嗎？那原本不是祖墳，是為了封住這個音樂盒蓋的，但是最後就是因為音樂盒打開了，我們家當時的幾乎所有人都死了，所以才會……」

雖然說紹強不是很相信這些人說的，不，應該說他不相信事情真的如這女歹徒所說的一樣，但是他此刻還是希望小薰就是他們要找的人，然後執行完那個什麼封盒儀式，讓這起事件快點落幕。

至於綁架這件事，現在的他一點都不想追究。

「該死的小薰！真是個會搞事的女人。」紹強忍不住在心裡咒罵。

而就在紹強在心裡這麼咒罵著對方時，手上突然輕輕的「搭」了一聲，雙手也頓時感覺到變化，讓紹強緊張了一下。

觀察了一下女歹徒，對方似乎沒有察覺到，才讓紹強鬆了一口氣。

現在雙手已經自由了，紹強也不需要靠與對方對話來掩飾那些聲音，兩人頓時安靜了下來。

接下來就看看有沒有機會可以讓自己改變一下眼前的局面。

這時，遠處傳來了逐漸靠近的引擎聲，看來出去接小薰的人回來了。

或許自己的機會就要來了，這麼想著的紹強，同時也希望這個夜晚的最後，可以有個好一點的結局。

4.

在切斷束線帶之後，紹強就一直在找機會。

從車子回來之後，女歹徒就三不五時望向門，似乎在等待外面的其他同夥進來告訴她情況，但是這一等就是十多分鐘過去了。

看起來越來越焦躁不安的女歹徒，最後受不了，站起身來朝房門走去。

原本還以爲女歹徒會這樣開門出去，誰知道她只是貼在門邊，側耳傾聽外面的動靜。

然而這讓女歹徒整個背對紹強，讓紹強知道機不可失，從地上小心翼翼的掙扎起身。

眼看女歹徒似乎還在關心外面的狀況，紹強知道這恐怕是自己今晚最好的機會了，紹強二話不說，立刻朝女歹徒衝過去。

本來就在側耳傾聽的女歹徒，聽到了聲響，愣了一下之後才發現聲音是在房間裡面，還來不及轉頭，頭部就被人重擊，瞬間就被撂倒。

雖然對女歹徒有點抱歉，不過現在的紹強根本管不了那麼多，而且對方還手持開山刀的情況下，下手不免有點重，連紹強自己都沒想到一下就把對方擊暈，讓紹強一度還以爲自己下手過重，把對方直接打死了，還好見到對方還有呼吸，才鬆了一口氣。

不過紹強也立刻回過神來，翻了一下對方腰間袋子，找到一條束線帶，以其人之道還治其人之身的方式，將對方給綁起來，以防對方突然醒來，然後將女歹徒原本拿著的開山刀拿來。

將對方都綁起來之後，這次換紹強貼到了門邊，側耳傾聽外面的狀況。只是紹強不知道的是，在他找尋機會準備下手的這段時間裡面，外面已經有了不得了的變化。

十多分鐘前——

歹徒們齊聚在門口，等待著負責接人的同伴歸來。

誰知道大門一開，原本是兩個人去接人的，現在卻只有一個人進來，讓眾人十分不解。

「原本都還好好的……」那個負責去接人的歹徒說，「不過開上山路之後，她就開始鬧，甚至還開門想要跳出車外，我們本來想要阻止她，不過她真的跟瘋子一樣！」

那歹徒喘了幾口氣之後，才繼續開口。

「本來想說用刀子威脅她，誰知道她看到刀子更加激動，整個人像是不要命一樣的撲上去。」那個歹徒抱著頭說，「結果我一個不注意，刀子就被她搶走了，二哥看情況不妙，擔心她拿刀子亂來，所以上前想要抱住她，那女人轉身一劈，二哥就……二哥就……」

此話一出，眾人都是難以置信的模樣。

「我衝上去從後面勒住她，說什麼都不敢鬆手，直到……」

「二哥？」其中一個歹徒問道。

那負責接人的歹徒緩緩的搖了搖頭。

「那個女的呢？」

那歹徒又搖搖頭。

「完了……一切都完了……」其中一個歹徒忍不住哀號。

「人死了，接下來該怎麼辦？」

在場其他歹徒也慌了，畢竟他們真的需要那個女人好好活著「執行」那個儀式。

「把那女人的屍體搬進來，」在經過沉吟後，帶頭的歹徒下令，「剛剛不是有一個一嚇就什麼都說的女人嗎？把她押出來。」

一聲令下之後，大夥立刻動了起來，其中兩個人出門去將小薰的屍體抬進來，然後另外兩人到房間裡面，將莉雅給押了出來。

莉雅被兩個歹徒押出來，原本還一臉不甘願，但是一看到了小薰的恐怖屍體，立刻被嚇到。

只見小薰滿臉發青，雙目凸出，舌頭向外吐，白色褲子在胯下的地方，因爲排泄物染得髒污不堪。

恐怖的死狀讓莉雅嚇到眞的崩潰了，只見她大聲尖叫，並且不斷掙扎，根本完全失去了理智。

原本押著她的兩人，瞬間壓不住她，其他人見狀趕忙過來幫忙。

但是嚇破膽的莉雅，根本不管那麼多，雙手雙腳亂打亂踢，其中一個靠近的歹徒，就被她一拳給揮中，一連退了好幾步，結果腳步一個踉蹌，整個人就撞上了那個放著木盒的桌子。

所有人亂成一團，最後其中一個歹徒受不了，直接一刀劈向了莉雅，結果那一刀劈中了莉雅的頭，莉雅口中的尖叫聲也瞬間中斷。

在場的其他歹徒也傻眼了，想不到同伴竟然會突然痛下殺手，都看著莉雅不知道該怎麼做。

被劈中的莉雅就這樣在眾人的目視之下，身體一軟倒在了地上。

大家沒有開口，四周一片沉靜，這時一陣驚恐的聲音從後方傳來。

「啊……啊！」

大家回頭，只見到其中一個歹徒坐倒在地上，然後用手顫抖的指著桌子。

大家一起看過去，只見桌上那個原本蓋著的木盒，這時候已經被打開來了。

世界有這麼一瞬間靜默，然後一陣詭異的聲響，就從木盒之中傳了出來……

5.

紹強還在房門內猶豫，他知道自己的行動必須十分謹慎，因爲自己寡不敵眾，而且所有人都在對方手上的情況之下，貿然這樣行動，眞的很危險。

就在紹強還拿不定主意的時候，外面的大廳傳來一點動靜，在一片死寂之後，彷彿同時發生了很多事情，尖叫聲跟各種東西碰撞的聲音，外面聽起來一片混亂，其間彷彿有人在叫喊著什麼，但是紹強眞的一個字也聽不懂。

這些聲音阻止了紹強的腳步，紹強又在門內等待了好一會之後，外面才恢復平靜。

紹強擔心等越久，自己遲早會被發現，因此立刻開始行動。

打開門確定門外沒有人影之後，紹強知道現在是自己最好的機會，至少先救出一個人再說。

紹強看準機會，衝到了對面的房間，確定裡面沒有聲音之後，快速打開房門。

原本還以爲至少會遇到一個看守的歹徒，誰知道裡面只有一個被綁著的筱蕙。

紹強用手上的開山刀割斷筱蕙的束繩帶，兩人相擁在一起。

不過現在的情況絕對不是兩人開心重逢的時候，在眞正逃離這裡之前，什麼都很難說。

紹強要筱蕙先躲在自己剛剛被綁的房間裡面，一方面可以負責看守那個女歹徒，另一方面自己還有機會看看能不能解救其他人。

紹強帶著筱蕙回到了自己剛剛的房間，擔心女歹徒會突然醒來，紹強將開山刀留給了筱蕙，自己則另外帶著女歹徒腰帶裡面的一把螺絲起子，充當武器。

再度離開房間，這次紹強要繞到前面大廳，他盡可能壓低身子，來到了前往大廳的轉角，側耳傾聽外面的狀況。

然而卻跟先前一樣，聽不到任何聲響，這讓紹強有種被壓到喘不過氣的感覺。

不過紹強知道自己不能這麼被動，因此還是硬著頭皮，走進了大廳。

大廳裡面空無一人，不過景象卻讓紹強有點心驚膽戰。

只見大門的地方，橫躺著一個屍體，雖然臉部有點扭曲，舌頭外吐，不過紹強還是認出那是筱蕙的閨蜜小薰。除此之外，地板上還有一條拖曳的血跡，一路延伸到其中一個房間門外。

確定無人之後，紹強走到大廳，看了一眼桌上那個引發這一切夢魘的盒子，此刻還是跟第一眼自己看到它的時候一樣，蓋得緊緊的。

如果不是那個女歹徒告訴自己，恐怕很難猜到它會是一個音樂盒。

他看著橫在大門口的小薰屍體，有一股想要衝出去的衝動，但是爲了自己的朋友們，紹強還是壓抑住了那個心中的衝動。

他握著手上那把螺絲起子，跟著地上那條血跡，一路來到那個房間。

整個房子異常的安靜，雖然知道這房間的隔音效果出奇的好，但是都已經靠近到門口了還是沒有半點聲音，讓紹強感覺到不安與詭異。

在門口側耳傾聽了好一陣子，確定都沒有聽到任何聲音之後，紹強小心翼翼的握著門把，盡可能不發出任何聲音的打開了門。

打開門後，房裡面一片死寂，乍看之下也沒看到人影，一度還以爲這是間空房，誰知道低頭一看，幾個黑衣歹徒就躺在地板上。

歹徒們四肢扭曲，模樣詭異，整個房間也亂七八糟，彷彿經過了一場惡鬥。

最後紹強看到了莉雅，她被壓在其中一個歹徒下面，頭上插著一把開山刀，模樣十分恐怖。

看到了這樣的景象，讓紹強驚訝無比，不知道到底發生了什麼事情。

在稍微檢查了一番之後，確定在房間裡面的人都已經斷氣了。同時紹強也點了一下，確定還有至少一個歹徒不見。

因此紹強不敢大意，握緊手上的螺絲起子，轉身回到了客廳，來到另外一扇門前。

打開門後，就看到了阿滔跟那個最後一個歹徒就躺在那裡，兩人死狀詭異，互掐著對方的脖子，就這樣斷氣了。

紹強根本沒辦法想像，這是怎麼發生的，眞的有辦法這樣互相掐死對方嗎？面對這滿坑滿谷的屍體，而且死狀都頗爲悽慘的模樣，讓紹強根本完全無法推測到底發生了什麼。

不過對紹強來說，一切都過去了，雖然結果不是紹強所願，但是也算是結束了。

想不到一切都只是爲了一個音樂盒，這完全超乎了紹強的想像之外，他更不知道爲什麼一個音樂盒會帶來如此恐怖的悲劇。

不過至少自己還活著，筱蕙也還活著，甚至連那個女歹徒也還活著。

自己跟女友活著是最重要的，然後歹徒也還有一個人活著，或許至少還能從那個女孩口中，得到更多關於這起案件，以及那個該死的音樂盒更多的消息。

回到一開始被帶進去的房間外，紹強停了一下，調整一下自己的呼吸，試圖平靜一下自己激動的情緒。

然後將門打開，誰知道眼前竟然是比起剛剛幾個房間更加血腥又恐怖的情況……

紹強愣愣的看著地上的女歹徒，他到現在還不太能夠理解到底是怎麼回事。

這裡到底是發生什麼事情了？

他完全無法想像一間只有兩個女孩的房間，到底經歷什麼樣的惡鬥會變成現在這模樣。

四周的牆壁上，到處可見怵目驚心噴灑的鮮血，女歹徒被人眞的可以用「大卸八塊」來形容，整個房間就好像經歷過一場惡鬥一樣狼狽不堪。

低頭看著那個不久前才跟自己對話過的女歹徒，此刻癱在地上，整張臉被砍得面目全非，甚至連其中一隻手都被活活剁斷，因爲束線帶的關係，還被綁在另外一隻手上，模樣看起來十分駭人。

而那把重創女歹徒的開山刀，就拿在自己原本應該十分熟悉的女孩手上。

似乎感覺到紹強進來，筱蕙冷冷的說：「她……襲擊我。」

這麼說的同時，紹強的視線看著在地板上那被束線帶捆在一起的兩隻手。

即便已經被人分屍，但是那雙手卻還是被捆在一起，這種情況之下，這個女歹徒還是選擇襲擊一個手持開山刀的筱蕙？

紹強不太能夠接受這個解釋，但是也不想要與筱蕙對質，畢竟經歷了這一晚，誰都有可能因爲一點風吹草動而狠下殺手。

只是紹強還是瞬間覺得眼前這個拿著開山刀的女孩，似乎跟自己所認識的那個女孩不太一樣。

心情還是有點混亂的紹強，愣愣的望著地上的女歹徒。

「就爲了一個音樂盒……不會太可笑了嗎？」筱蕙無奈的說。

說完之後，彷彿好不容易才從緊繃的情緒放鬆，筱蕙低頭縮起了肩膀，彷彿在啜泣的模樣。

看到筱蕙這個模樣，讓紹強第一時間差點上前去安慰對方，不過對方手上那把開山刀讓紹強卻步，仍然只是站在原地沒有動作。

回想這一切，確實跟筱蕙所說的一樣，荒謬到讓人覺得好笑的地步。

是啊，就爲了一個音樂盒。

腦海裡面浮現了剛剛那個女歹徒跟自己說過的話，那時女歹徒跟紹強說了關於這個音樂盒的情況。

諷刺的是，不管眞實的情況是什麼，但是那女孩說，只要有人打開這個音樂盒，就會遭遇不幸，而他們家也會一起不幸……

如果從這個角度上來看，還眞的是完美驗證了這個結果。

回想起剛剛在桌上的木盒，浮現在心中的想法，如果女孩不說，紹強恐怕永遠都不會想到這會是一個音樂盒……等等……！

紹強突然感覺到不對勁，一個疑問突然浮現在他的腦海之中。

「妳有跟他們講過話嗎？」紹強轉過頭來問筱蕙。

「他們是……？」

「歹徒，這些歹徒！」紹強突然激動了起來。

「沒有，他們把我關在裡面，然後人就出去了。」筱蕙回答。

「沒有聊過……？」

紹強臉色一沉，心中已經大概有了底。

「妳再說一次，小薰怎麼跟妳說的？」紹強凝視著筱蕙。

是的，當初轉上小路的時候，同樣的疑惑就曾經浮現在紹強的心中，但是當時他確實沒有多想，不過現在回想起來，這點確實十分詭異。

那麼多條小徑，到底是怎麼說清楚的？尤其是其他條路也就算了，偏偏他們彎上來的小路，連個指示牌都沒有，現在就算回去，紹強恐怕也沒有辦法光用口述就能指引別人來到那條小路……

「就說在那一條轉彎……」筱蕙一臉委屈，不知道爲什麼紹強會突然這麼嚴肅。

「只有這樣說？」紹強瞪著筱蕙，「一路上有那麼多條小路，妳怎麼知道是哪一條？」

聽到紹強這麼說，筱蕙頓時顯得有點不知所措，張開嘴彷彿想要說什麼，但是卻說不出口。

看到筱蕙這模樣，紹強已經很清楚答案了，於是他冷冷的將最後的問題丟了出來。

「最後……妳怎麼知道，那是個音樂盒？」

聽到這個問題，筱蕙不發一語的低下了頭。

「我知道它是音樂盒，是因爲她告訴我的，」紹強用手無力的比著地上那被砍到已經面目全非的女孩，「妳呢？」

筱蕙依舊沉默。

「從頭到尾他們都說盒子，」紹強冷冷的說，「沒提過這是個音樂盒，妳是怎麼知道的？」

雖然說是問題，但是實際上，現在在場的兩個人都心知肚明，答案早已呼之欲出。

「他們要找的那個人，」紹強舉起手指著筱蕙，「就是妳，妳就是那個跟男人跑到人家祖墳裡胡搞的女人！」

原本還盡可能壓抑自己情緒的紹強，到最後再也忍不住咆哮了起來。

面對紹強的指控，筱蕙低頭不語，紹強看著這樣的筱蕙，眞的心如刀割。

想不到這女孩竟然是這樣的……雖然說過去紹強也交過別的女友，但是筱蕙可能是第一個讓他覺得自己可能會娶回家的女人。

如今卻是這樣的結果，讓他眞的難以置信。

「什麼都不用說了，」紹強強忍心中的怒火，冷冷的說，「我們先報警，然後……」

紹強話還沒說完，筱蕙猛一抬頭，張大了嘴尖叫了出來。

「啊——！」筱蕙尖叫的同時，也朝紹強衝過來。

紹強這時才想到，筱蕙的手上還拿著那把該死的開山刀啊！

與此同時，筱蕙也舉起了刀，臉上猙獰的模樣，讓紹強根本難以跟自己記憶中的女友連在一起。

眼看對方快要砍到自己，長年學過各式各樣實用防身術的紹強，沒有像一般人一樣後退，反而是下意識的向前一欺，整個撞向筱蕙。

一切來得如此之快，紹強甚至還沒反應過來，手上的那把螺絲起子，已經刺入筱蕙的脖子。

等到紹強意識過來，立刻將手一抽，螺絲起子也跟著被拔了出來，筱蕙的喉嚨也瞬間噴出血來。

筱蕙的鮮血噴在了紹強的臉上，他不自覺的向後退，一連退了好幾步，直到背部重重的撞到了牆壁。

筱蕙就好像陀螺一樣，完全不去摀著脖子被刺穿的洞，仰著頭不停原地打轉，宛如湧泉般的鮮血也爲原本就已經宛如人間煉獄的房間，增添新鮮的鮮血。

看著眼前詭異的一幕，紹強只覺得雙腳一軟，靠在牆上的他也撐不住，緩緩向下滑，跌坐在地上。

陀螺般的筱蕙繞了幾圈之後，失去了最後的生命力，無力的轉倒在地上，動也不動的躺在了那個被她分屍的女歹徒身旁。

世界彷彿都停止了，坐倒在地上的紹強，就這樣冷冷的看著地上兩具女孩的屍體。

剛剛筱蕙的模樣，還烙印在他的腦海之中，腦袋裡面只有「鬼上身」這三個字可以形容剛剛筱蕙撲向自己的模樣。

回過神來的紹強，勉強站起身來。

看著房間的慘狀，他實在不懂，爲什麼事情會演變成這樣。尤其是筱蕙，更是讓他感覺到五味雜陳，他甚至不知道自己現在到底該悲傷還是慶幸。

明明幾個小時前，兩人之間還是那種甜蜜的情侶，然後經過一陣驚嚇之後，自己被她狠狠的背叛了，而下一秒鐘，自己就親手把她刺死。

不過這一切，都是正當防衛，不是嗎？她被鬼上身了，這家人說的都是眞的，只要碰到那個音樂盒的，都會慘遭不幸……

但是每踏出一步，這個想法就越顯得荒謬。

這時，紹強穿過了一開始的大廳，桌上還兀自放著那個音樂盒。

紹強凝視著桌上的音樂盒，回想起剛剛筱蕙說過的那句話。

竟然一切都只是爲了一個音樂盒？

同時紹強心中也浮現出一個疑問。

會不會一切根本就不是這樣？

一個瘋子家族，因爲過度迷信的關係，所以把這個音樂盒當成什麼恐怖的東西，然後筱蕙剛剛根本不是什麼鬼上身，只是因爲被自己冤枉了，才憤恨的舉起刀來咆哮？

如果眞的是這樣的話……

凝視著音樂盒，紹強的心中浮現出許許多多混亂的想法。

身爲這起案件唯一的生還者，他確實需要知道，到底這一切是不是眞的如那慘死的女孩所說的，都是這音樂盒引起的，還是自己誤信了一堆綁架人的瘋子，結果還刺死自己女友？

紹強知道自己需要一個答案……

紹強並不是因爲鐵齒到完全不相信這些事情的存在，只是他眞的需要一個答案，一個可以讓自己良心稍稍獲得平反的答案。

他看著桌上那個音樂盒，腦海頓時一片空白，他甚至不知道它是不是眞的是一個音樂盒，不過……他知道自己有一個辦法可以證明這一切。

掙扎了一會之後，紹強伸出手，將桌上的木盒，緩緩的打了開來……

6.

打從第一眼，紹強爸就非常不喜歡這個名叫筱蕙的女孩。

第一次到紹強家的時候，筱蕙就像是劉姥姥進大觀園那般，東摸摸、西碰碰，對他們家的所有擺飾、裝飾都流露出無比的興趣。

別的富豪佈置家中，大多都是考量「風水」，但是紹強爸有著自己的一套哲學與邏輯，他將這個大廳私下取名為「慾望大廳」，展示櫃裡面擺放著名酒，牆上掛著一些可以挑逗性趣的畫像，加上一眼看上去價值不斐的裝飾品、藝術品，幾乎任何人進來這個大廳，總會被自己有興趣的地方給吸引，多看這麼幾眼。

這些年來，紹強爸靠著這個大廳，勾出不知道多少人的慾望，讓他一下子就可以掌握對方的「弱點」。

第一次來到紹強家的筱蕙，自然不可能逃過這慾望大廳的勾引，眼睛立刻就被好幾樣擺設吸引，連紹強講話都沒有辦法正眼看紹強一眼，甚至在紹強離開她身邊的時候，她就看著其中一件飾品，內心似乎很掙扎，想要將它拿走，雖然最後沒有下手，但是那掙扎的模樣全部都被隱藏在各個角落的監視器錄得一清二楚。

透過監視器的畫面，筱蕙的一舉一動全部都看在紹強爸的眼裡，這樣的女孩紹強爸看過不知道多少了。

他知道這女孩的本性，更清楚這女孩不能留……

很多年前，在紹強爸還年輕的時候，他認識了一個前輩，那位商場的前輩，改變了紹強爸很多想法與觀念，這些想法與觀念後來確實在紹強爸的事業上，給了許多助益。

其中一個想法，就是這個世間所有的愛情，都是「被允許」的。

沒有多少愛情，可以經得起所謂的考驗。如果有人心存惡意想要破壞，根本沒有多少愛情可以不受影響。

就好像生意一樣，只要是好賺的門路，就不要奢望其他人不會來分一杯羹。

而那位前輩，最擅長的就是破壞他人的門路，不管是生意還是愛情……

紹強爸從那位前輩的身上學到很多東西，這些東西在後來紹強爸的事業與生活上，都帶來了重大的改變。

這也是紹強沒有一個「固定」媽媽的原因。

每隔幾年，紹強爸都會帶一個新媽媽走入紹強的生命之中。

只是紹強不知道的是，這些媽媽打從一開始，就是簽約制的。

一約五年，不多不少，五年後從來沒有任何人續約過。

五年時間一到，這些媽媽就會消失在紹強的生命之中，從來不曾有人回來找過他。

這樣的冷酷絕情，也當然會套用在自己孩子的身上，因此在看到筱蕙貪婪的一面之後，紹強爸當晚就決定將這段感情徹底摧毀，就跟過去那些擋在自己面前的競爭對手一樣。

打從女孩踏入紹強家門的那一刻開始，紹強爸就透過監視系統，將女孩的一舉一動全看在眼裡。

女孩的模樣彷彿中了樂透一樣，就好像這一切在不久的將來，都會是自己的一樣。

要對付這樣的小女孩，只有四個字可以形容——易如反掌。

過去，爲了各式各樣的場合，紹強爸有許多配合的店家。

當晚，在紹強送筱蕙回家的時候，紹強爸就拿出了手機，打了一通電話，給自己過去合作多次的男公關店。

過去，他利用這家男公關店，摧毀了不少對手的家庭，不管是在商場還是戰場，不管多麼驍勇善戰、冷靜沉著的對手，沒有人能在自家後院著火的時候，還能夠在前線應戰。

這是紹強爸最惡毒的手段，如今這把惡毒之刃，也即將揮向筱蕙。

公關休息室裡面，男公關們集聚一堂，爲了這次紹強爸這個大客戶指定的工作，大家幾乎都是幹勁十足。

紹強爸說得很清楚，誰能夠上了那個女孩，並且拍下影片，就能得到他們工作五年恐怕都存不到的錢。

重賞之下，必有勇夫。

不過考量到一次太多人出手，可能反而造成反效果，所以大家商量後決定，用抽籤來決定出手的順序。

從賞金的額度看起來，這會是一場激烈的競爭，任務想必也有一定的難度。只是任誰都沒有想到，這籤運瞬間決定了眾人之間的勝敗。

抽到第一個出手的男公關是德倫，不過跟女孩見面三次，就答應跟男公關外出夜遊。

只是對於夜遊的地點，讓德倫有點苦惱，他需要一個可以看夜景，然後還可以順勢達成目標的地點。

德倫是酒店數一數二的紅牌，對女人很有一套，他有信心只要女孩不要起疑心，那麼一次夜遊絕對可以搞定。

問題在於德倫當男公關已經好幾年了，如果問他宵夜或者是過夜的地點，幾乎整個大台北都難不倒他，但是夜遊這種感覺是小孩子的玩意，距離他已經很遙遠了，所以根本想不到什麼好地點。

本來還想投入一點本錢，訂個眞正高檔的餐廳，誰知道這麼短的時間，根本訂不到位。

「你可以去問問看阿標啊。」看到德倫苦惱的服務生，給了德倫這個意見。阿標是另外一個男公關，抽到的籤幾乎已經確定沒有希望賺上這一筆錢了。不過因爲他從小就住在天母，所以對於一些夜遊的地點絕對比德倫還要了解。

原本德倫還因爲對方同樣是競爭者的關係，猶豫許久才去問對方，但是阿標可能因爲早就放棄了希望，所以不但將人煙罕至的看夜景地點詳細告訴了德倫，還在約會前幾天跟德倫一起上山，將擋路的鐵門破壞掉。

德倫看過了地點，以及後方的小屋，確定這確實是個非常理想可以完成任務的地點。

因此德倫對於阿標感激不已，甚至還答應獎金下來之後，會分一筆錢給對方。

幾天後，德倫順利將筱蕙帶到了那個地方，並且也在後面那個荒廢的小屋裡面，完成了任務。

在完事之後，筱蕙不改惡習的逛了一下，順手帶走了幾個陪葬品，發現後面還有一個小房間。

德倫趁筱蕙不注意的時候，回收偷拍的GO PRO。筱蕙則是開心的繞到了後面的房間，在那裡她看到了一個東西吸引了她的目光。

那是一張典雅的桌子，上面就擺著一個木盒子。

以爲是珠寶盒的筱蕙，用雀躍的小躍步來到了擺放木盒子的桌前。

如果她不是那麼財迷心竅的話，可能會留意到桌面上，堆積的灰塵下面，那若隱若現的符文。

但是此刻的她雙眼除了珠寶盒之外，什麼也看不到，來到桌邊的她，屏住了呼吸，然後就這樣打開了木盒。

也就是在這個時候，筱蕙知道了，原來這個木盒，竟然是一個音樂盒。同時也是在這個時候，筱蕙知道了，這個音樂盒原來不是音樂盒那麼簡單……

7.

金碧輝煌的大廳，讓即便是酒店出身、自以為已經看習慣那種浮誇式裝潢的德倫還是有點開了眼界，雙眼不自覺的看著那些擺在牆上的高級擺飾，就跟不久前第一次來到紹強家的筱蕙當時一模一樣。

對於追求物質的他們來說，紹強家簡直就是天堂，隨便一個擺飾彷彿都能夠實現他們最卑微的夢想。

從這個角度看起來，紹強爸給的價碼似乎就顯得有點廉價了。

原本心中就已經有這樣的打算，在看到這金碧輝煌的大廳之後，更加堅定了他的想法——說真的就算加一倍價應該都沒有問題吧？

尤其是在跟那個女人發生關係之後，德倫就感覺渾身都不對勁，不是那種身體不舒服，而是身邊一直都有些難以形容的怪事，讓他常常都心神不寧。

德倫是個迷信的人，畢竟幹這一行的多少都有些各式各樣的奇怪信仰，所以對於這種情況，德倫相信是跟那不乾淨的女人發生關係有關，所以希望紹強爸可以多出一點錢，就當作是精神補償也好。

在大廳等了一會之後，紹強爸終於現身了，紹強爸是德倫酒店相當重要的客戶，經常會介紹許多生意，不過一向都沒有露面，如今可以親眼見到紹強爸，讓德倫感覺到有點緊張。

他依約將記憶卡，交到了紹強爸的手中。

紹強爸看著手上的記憶卡，他知道裡面有德倫偷拍自己跟筱蕙發生關係的影片，然而這段影片，原本要看的人，並不是紹強爸，而應該是紹強才對。

但是如今，這段影片已經不重要了……

紹強爸眉頭深鎖，凝視著德倫問道：「你為什麼要特別帶她到那樣的深山去做這件事情？」

「就想說……不要太直接，降低她的戒心，剛好有朋友跟我說，有個地方可以看夜景，沒有人會打擾，後面還有地方……你知道，可以好好相處一下。」

紹強爸聽了低頭不語，德倫等了一會之後，覺得時機差不多了。

「那個，陳董，不好意思，關於這次的費用，不知道可不可以……你知道，跟那女人做，感覺很不好，所以我就在想，不知道陳董……」

德倫話還沒說完，紹強爸冷冷的說：「你想要多少？」

原本德倫在心中想的是提高一些就可以了，但是在看過那個金碧輝煌的大廳之後，他覺得價碼可以再提更高一些，於是猶豫了一會之後，德倫用手比了個二。

紹強爸冷哼了一聲，上下打量了一下德倫。

縱橫商場多年的紹強爸的眼光冰冷如刀，不過就這麼一打量，氣勢也頓時展露出來，光是這股霸氣，就讓德倫差一點脫口而出：「漲價的事情就算了。」

不過在德倫開口之前，紹強爸倒是先點了點頭，然後揮了揮手。

原本守在門口的手下，立刻靠了過來。

「帶他去接待室。」吩咐完手下之後，紹強爸轉向德倫，「你在那邊等我一下，我開支票給你。」

聽到紹強爸這麼說，德倫差點歡呼出來，不過他還是很克制，跟著紹強爸的手下一起離開了房間。

兩人走過了長長的走廊，來到了一個位於最角落的房間，紹強爸的手下用手示意德倫進去房間，德倫不疑有他，打開門進到了接待室裡面。

接待室跟大廳差不多一樣金碧輝煌，房間中央擺了一張很典雅的沙發。

德倫進入屋內後，身後的門「喀嚓」一聲，彷彿上了鎖。

不過德倫並不在意，目光反而被西側牆邊那個比自己還要高大、甚至都快要接近天花板的水晶洞給吸引住。

德倫就好像被磁鐵吸住的金屬般，逕直朝那水晶洞而去，來到水晶洞前，德倫正在讚嘆著這個水晶洞竟然大到連自己都能夠裝進去，這時背後傳來一陣聲響，德倫回過神來，頓時瞪大了雙眼，張大了嘴。

德倫一轉過頭，這才知道原來自己並不是這個房間裡面唯一的人……不，說不定還是唯一的人，不過並不是孤單一個人。

眼前一個面目猙獰、五官極度扭曲、脖子還以不自然角度扭向一邊的男子，就站在距離不到五步的地方。

男子的雙眼充血，詭異的模樣瞪著德倫，就好像飢餓很久的野獸，終於看到了獵物一樣。

德倫這才想到剛剛自己進房之後，身後傳來的那鎖門聲音的眞正原因。不只如此，門外剛剛帶德倫進房的壯漢，此刻還是守在門外，一雙手還死命握著門的手把。

男子沒有給德倫太多思考的時間，朝德倫衝過來，知道房間已經被反鎖的德倫，立刻朝反方向跑去，力求跟對方保持距離。男子也追了上來，兩人頓時將房間變成了運動場，開始繞了起來。

就在兩人在房間裡面繞圈圈，僵持不下時，一個聲音不知道從哪裡傳來，在一片混亂中成爲了一個不可違逆的指令——「快打開桌上的盒子！」

德倫愣了一下，就看到水晶洞旁邊的桌上擺放著一個看起來有點年代的盒子。

德倫二話不說，立刻朝盒子衝過去，在男子趕上來之前，一下就把盒子給打了開來。

原本還以爲盒子裡面不是放著支票，就是放著武器，要不然就是可以阻止男子繼續瘋狂下去的任何東西，但是卻什麼都沒有，只有一個旋律幽幽的從盒子傳了出來。

有這麼一剎那，當盒子裡的音樂幽幽的傳出來的時候，房間裡面的兩人……不，就連隔壁房間看著監視器畫面的某人，全部都停止了，彷彿這個音樂有著讓時光暫停的能力。

然而，下一秒第一個打破這個魔咒的人，是那個抓狂的男子，他彷彿回過神來般，猛然再度對德倫發出攻勢。

還以爲打開盒子眞的可以解救自己的德倫，這次沒能反應過來，被男人一把抓住了頭，然後整個人被壓到了那個打從一開始就吸引住他目光的巨大水晶洞。德倫的想法沒有錯，水晶洞眞的大到可以塞得下他。劇烈的撞擊頓時讓德倫失去抵抗的能力，只能任憑男子「挖啊挖」，在他的身上瘋狂的挖，彷彿德倫體內藏有什麼稀世珍寶一樣……

「……爸，對不起，我早該知道她是這樣的女人。我更不應該去碰那個音樂盒，我知道我錯了，但是……現在也來不及了……」

紹強哽咽的聲音，從手機傳了出來。

每聽一次，都讓紹強的爸爸感到心如刀割。

那天因爲紹強連日未歸，擔心不已的紹強爸打開定位，找到紹強的時候，他已經陷入了瘋狂的狀態。

唯一留下的線索，就只有手機裡面的這段錄音，以及殘留在現場的那個音樂盒，還有滿目瘡痍的犯罪現場。

對外界而言，這是一起綁架案，最後因爲歹徒們內鬨而自相殘殺。

但是對第一時間趕到現場的人來說，眞實的情況到底如何，唯一留下的線索只剩下紹強留在手機裡的這段訊息。

紹強爸只知道，紹強之所以變成這樣，似乎跟遺留在現場的音樂盒有關。

因此除了帶回紹強之外，紹強爸也將音樂盒一併帶了回來。

爲了讓自己這個唯一的兒子恢復正常，紹強爸找來了全國最好的專家與民俗學者，在聽過紹強宛如遺言般的錄音，大家一致認爲這個音樂盒確實是引起紹強變成現在這樣的主因。

然而在場卻沒有任何人可以提供解方，即便各種方法都試了，紹強還是宛如鬼上身那般陷入瘋狂。

其中一位劉法師，提出了一個辦法，就是讓其他人來打開這個音樂盒看看，說不定可以讓音樂盒裡面的鬼魂，或者是附著在其上的「咒」，轉移到下一個人身上。

雖然在場的其他人不認同，認爲如果這樣就可以的話，爲什麼第一個去碰的筱蕙沒有類似的症狀，但是在提不出任何其他辦法的情況之下，也只能死馬當活馬醫了。

而隨著那位男公關進入房間裡面，透過監視器畫面，他們也得到了最後的結果……

紹強爸仰著頭，無言的看著天花板。

在一陣敲門聲之後，劉法師走了進來。

「鎮定劑起作用了，」劉法師一臉慚愧的說：「您……要不要去看一下？」

紹強爸搖了搖頭，他不忍心看到孩子現在的模樣。

「所以……有效了嗎？」紹強爸淡淡的問。

當然這個問題，其實紹強爸已經有了答案，因爲都已經需要鎮定劑了，不過他還是希望可以從法師口中得到不一樣的答案。

劉法師搖搖頭。

原本還以爲，只要讓人打開音樂盒，那個紹強體內的「東西」，就會轉移到那個人的身上，現在看起來，眞的是太天眞了。

然而雖然推測錯誤的是劉法師，但是付出代價的卻是那位男公關，不過如果不是他，帶著那女人去那邊看夜景，這一切都不會發生，所以多少也算是罪有應得。

至於他死無全屍的大體，倒是沒什麼問題，打從一開始酒店那邊就已經說好了，與紹強爸這種大客戶相比之下，一個男公關的命根本算不上什麼。

「……我們眞的需要多了解一下這個音樂盒。」劉法師低著頭說。

紹強爸凝視著眼前頭低到不能再低的劉法師，沉吟了一會淡淡的說：「去吧，盡快，不然下一個去開音樂盒的人……就是你了。」

第四樂章

桃花源

笭菁

1.

炎熱的夏日，路邊的長凳上坐著一雙身形高眺的男女，雖說不是絕美容顏，但個性美與那結實精瘦的身材，卻總令人不由得多看幾眼；女孩穿著無袖背心，手臂上的肌肉線條極爲好看，加之曬成了小麥色，給人一種健康美。

身邊的男孩削瘦，乍看有種弱不禁風之態，但架不住他超高的身高，目測只怕逼近一百九十公分，雙手均拿著冰，愉快的吃著。

「……我就是覺得麻煩，才上一個學期又要換老師！許教授教得很好耶！」男孩嘆氣著。

「是教得好，還是成績給的大方？」女孩抓到重點。

男孩笑得無奈，「都有都有！但一般聘書都是一年一任，突然就只待半學期就走，很怪啊！聽說是家裡有事！」

「那也沒辦法！反正不管誰教你，你成績都很好，跟我這種四肢發達的不同！」女孩聳聳肩，正捧著一個風琴樣的音樂盒，小心翼翼打開，「登愣！」

音樂盒一打開，即刻流洩出悅耳的音樂，這是她在網路訂做的，因爲有指定曲子，要送給好友當生日禮物呢！

音樂盒的音梳正透音筒上的凸出，演奏出朋友最愛的歌曲，再加上這風琴的模樣，煞是可愛；身邊的男孩吃著左手的冰淇淋，沒忘把右手遞上前，女孩自然的咬了一口。

「好聽吧？」她問著男孩。

好——男孩才要開口，身後突然傳來低沉的，「眞低劣的聲音。」

咦？他們不由得回頭，看見的是個西裝筆挺的男人，正用嫌惡般的眼神盯著女孩手上的音樂盒。

「說話客氣點喔你，我認識你嗎？」女孩不爽的刻意多轉了幾下發條，好讓音樂繼續放送。

「夠了！停！這麼難聽的音樂盒別再放了！」男人蹙緊眉心，「你們根本沒聽過什麼叫好音樂！」

「關你什麼事！」女孩直接站了起來，怎麼有這麼晦氣的人啊，「我就覺得這世紀好聽！」

「不，那是因爲妳不知道眞正的……」男人話到喉頭嚥了下去，擺擺手，「算了，跟你們這些普通人說不清楚，你們是無法理解的。」

女孩緊握飽拳，氣得想上前理論，身邊的男孩拉住了她，「沒必要！姐，妳要學會體諒別人！他神經都有問題了妳還跟他一般計較！」

唐恩羽圓睜雙眼，緩速的看向弟弟，這說話方式比她還能得罪人啊！

男人意外的沒有生氣，反而是有點詫異的看向男孩，微微瞇起眼，正在深思。

「老公。」

另一側傳來呼喚聲，唐恩羽轉頭，看見一位日本女人嬌聲的喚著，她的聲音極爲輕柔，讓人聞之骨頭酥軟！

「你的聲音……也很特別啊！」男人雙眼放在男孩身上，「還是學生嗎？有沒有打工，要不要到我公——」

餘音未落，女孩一個箭步上前擋在男孩面前，滿臉不屑的瞪著男人，「滾開！」

男人皺著眉看向眼前的女孩，惋惜般的越過她，試圖再跟男孩說兩句，「我是……」

「滾開！」唐恩羽不客氣的吼了起來。

「老公？」妻子慌張的上前，勾過了他的手，「どうしたの？」

男人無奈嘆息，搖了搖頭，一轉身看見妻子手上的冰飲，即刻皺眉，「沒事……妳怎麼買冰的？我說過妳不能喝冰的，對妳身體不好。」

他親暱的摟著妻子轉身，彷彿沒事人兒一樣。

女孩肩後被輕推了一下，她回首時還怒火滔天的模樣，卻一秒被遞上口的冰淇淋給降火。

「喂！」冰淇淋直接餵進她嘴巴，她趕緊騰出手接住，「幹嘛直接塞過來？」

「降火啊！」弟弟看著離去的男人背影，男人竟又依依不捨的回首看向他，

「別理那種人了，有病，有病！」

「你才有病，你這什麼身體跟人家挑釁？萬一對方不爽一拳砸過來你怎麼辦？」

「我怕什麼！」男孩推了推銀邊眼鏡，「我有老姐妳啊！」

「我先揍你！」唐恩羽啧了一聲，她重新坐回位子上，再次上緊發條，「這麼好聽的音樂跟我說低劣？還沒聽過眞正好聽的？音樂盒不都這樣？還得變出什麼新樣式來？」

事實上，可以的。

在一個轉彎之際，男人有些惋惜的看著男孩，他也想要收集一下男孩的聲音啊……

2.

屋外傳來搬動東西的聲音，我睜開惺忪雙眼，不情願的翻了個身。老媽又在打掃了，她總是這麼早起，有夠勤奮的。

「一個儲藏室，老媽是打算清到什麼時候？」上鋪傳來幽幽的聲響，老弟也醒了。

「過年嘛，大掃除也應該的！」我伸了個懶腰坐起身，「她不是說想把儲藏室清出些空間讓我們擺東西嗎？」

上鋪的老弟沉默幾秒，「其實也沒必要，搬出去後空間就大了。」

我跟老弟是睡上下鋪的，擠在小小的房間裡，但再小我們也都很習慣，這是我們姐弟從小到大的房間；我坐在略顯陰暗的下鋪裡沉思，我知道老弟在說什麼，因爲我們打算畢業後就要搬出去了。

我們從前幾年清明節開始，就好像容易撞鬼，接著又招惹到一堆莫名其妙的事情，魍魎鬼魅層出不窮，搞到最後連惡魔都招惹上了！去年萬聖節我們甚至體會了一把時間倒流，這種事情擺一年前打死我都不會信。

但事情就是發生了，我們碰上了惡魔，甚至……我下意識按著身子，我的身體裡，就封印著一隻惡魔。

那可惡的混帳佔據了我男友的身體，化身成他的模樣意圖重生，但最後在高人幫助下，我成為刀鞘，收了這隻惡魔入鞘；而且只有當被攻擊、且必須我同意的前提下，惡魔方能出鞘，所以惡魔平時無法主動攻擊任何人。

這狀況並沒有比較好，我們一樣越來越看得見好兄弟們，不主動招惹也逃不過，這很像一種很爛的吸引力法則！但眞的遇到凶惡厲鬼或咒法時，偏偏需要借用我體內這隻惡魔的力量。

但只要他一出來……我下意識打了個寒顫，我會全身被撕開的痛，還會失去知覺數天，讓身體慢慢恢復。

我最近開始在思考，照這樣下去，惡魔出來的頻率越多，我是不是會短命啊？那是一種撕心裂肺的痛啊，就算過幾天會復原也沒比較舒服好嗎！痛就是痛啊！

「別先讓老爸老媽他們知道吧，我們找到房子後再說。」我下了床，「我先去梳洗，順便幫幫老媽。」

「啊，我也……」一隻手抓著上鋪的欄杆，我即刻按住老弟的手。

「你幹什麼，養著！身上傷這麼多，你以爲你是我啊？體內有個惡魔在？」我踩著下鋪往上探，看著老弟依舊蒼白的臉色，「瞧瞧你這半死不活的樣子！給我躺著！」

「我傷都好了，不是都拆線了嗎？」老弟沒好氣的說，「我都睡回上鋪了，我沒這樣脆弱。」

「你敢下床我就打斷你的腳！」我這人向來不廢話的。

老弟嘆口氣，默默戴起眼鏡，轉身從枕頭邊拿出手機，我這才滿意的跳下來。

前不久過年，老弟好心幫人撿了掉落的物品，裡面有個紅包，原本以爲只是個紅包袋，誰知道對方惡毒的在裡頭藏了帶有咒法的紅包袋，利用「撿紅包」這個禁忌，把命格與噩運全過給老弟。

對方是個變態連續殺人犯，他讓怨魂以爲眞凶是老弟，老弟身上被厲鬼攻擊的實慘，差一點點就被拖進地獄裡了！

當然最後我們完美解決，但這個過年也是毀了。

只是老弟被厲鬼的利爪割得全身是傷，那就是得淨化、得縫針，老爸老媽看得是心疼不已，但我們又說不出個所以然……不，是不需要說什麼所以然。

這能怎麼說？哈囉，老爸老媽，不好意思，我們容易被惡鬼糾纏，然後我體內還封了一隻惡魔！

唉……我站在廚房，打算爲老弟煎個蛋，望著窗外只覺得心頭壓力沉重，我們還能有安生日子過嗎？

「唐恩羽妳做什麼？別燒我廚房！」老媽緊張的走了進來，「去去去，妳閒的話去幫我把剛清出來的那兩箱東西整理一下，擦一擦。」

「煎個蛋我會好嗎！燒什麼廚……啊啊啊！」沒等我話說完，我已經被老媽一把推出來了，「小看我的咧！」

一出廚房就撞見老爸，他打量著我，眉頭間還帶著點憂慮，「啊妳是都沒事了？」

「沒事了！」我用力舉起我的二頭肌，「看到沒有，一尾活龍！」

「睡七天的龍？人家過年團圓飯吃完放年假，妳是妥妥的從除夕睡到初七，還跟我說沒事？」老爸搖了搖頭，「另一個全身是傷掛急診，你們兩個厚——」

「我去整理東西！」我轉身往客廳去，果然在神桌前的地上發現兩口大箱子。

兩個陳舊的紙箱，舊到感覺隨便一扳都會粉碎，我抓了個口罩就先打開箱子，灰塵漫天，裡面有許多雜物，不過沒拿幾樣，就有個佔著大體積的東西卡在箱子裡。

那是個用衣服包起來的盒子，衣服上都沾滿灰塵，我隨手撥掉了些，將方型物品擱上了神桌。其實這怎麼看就是個盒子，而且超巨大的，盒子還不輕呢！

我把包裹的衣服都挪開，果真是個盒子，而且還是個雕刻精美的盒子耶！木盒呈現淺米色，盒頂上雕刻精細，刻著我看不懂的圖騰，我小心的打開上層的蓋子——空的？

裡面空空如也，啥也沒有。

「這是什……」我伸手往盒裡探。

啊啊啊——

眼前突然一片腥紅，活像有人突然朝我潑了一盆紅血一樣，但更可怕的是裡邊傳來的淒厲慘叫聲！

我嚇得抽回手，整個人向後踉蹌，一隻手有力的摟住了我，穩穩的接住了我。

「怎麼了？」老弟直接把我拉開，警戒般的看著神桌上的木盒。

我下意識伸手抓住他的臂膀，心跳加速的瞪著那只詭異的木盒，最可怕的是內心的躁動——該死的惡魔居然在掙扎！

『好棒的東西！哈哈哈！讓我出來！』

「閉嘴！」我咬牙低語，爲什麼這惡魔突然這麼激動？

「那傢伙蠢蠢欲動嗎？」老弟聲音低了幾度，更加不安的看著盒子。

我們家現在很乾淨吧？我沒有看到什麼不乾淨的東西啊！

「家裡有好兄弟姐妹嗎？」

「沒……沒有吧！」老弟瞇著眼左顧右盼，我才發現他沒戴眼鏡，「我感受不到啊！」

「你這近視連我都要看不清了，還能看阿飄？」我穩好重心，「去梳洗，老媽在幫我們煎蛋。」

老弟根本沒理我，逕自湊前打量了那木盒，「這哪來的？」

我深吸了一口氣，「老媽要我整理儲藏室拿出的箱子。」

不是我的、也不是老弟的，換言之就是——廚房裡傳來笑聲，兩老端著盤子走出來。

老爸端著熱騰騰的煎蛋，老媽拿著杯子，路過冰箱時順手開了冰箱取過鮮乳，朝我們瞥過來——「吃早餐囉！弟弟啊！快去洗洗！」

然後，端著盤子的老爸定住了。

他目光停在桌上的盒子上，僵硬的手端著那盤煎蛋，老媽只瞥一眼便趕緊接過。

老爸蹙起眉，朝著盒子走來，他的神情不只是詫異，還帶著點狐疑跟……懷念。

「這哪裡翻出來的？我都快忘記這東西了……哎呀！」老爸直接捧起了盒子，我嚇得倒抽一口氣，老弟第一時間就把我往後推開，「哎呀呀，都沒想到這東西會留到現在！」

「那是什麼？」老弟謹慎的問，不過看老爸非常自然，這盒子對他而言不像有什麼威脅或恐懼感。

「這是……呃……」老爸遲疑的說著，突然看了我們一眼，又搖了搖頭，「也沒什麼，沒什麼用的東西，丟了好了！」

最好是可以隨便丟啦！我飛速的搖頭跟老弟暗示，這種東西丟出去我怕會出事！老弟趕緊上前抓著老爸的手，誰叫他一副眞的要抱著盒子往回收箱扔出去的樣子。

「老爸，放著！放著……」老弟指指桌上，「這不能亂丟的！」

老爸狐疑的看著我們，我還在想著該怎麼解釋時，老媽適時的上前了。

「啊這盒子是不乾淨喔？」她輕拍了老爸臂膀一下，「這個……是不是你老家帶出來的？」

老爸尷尬的嘖了一聲，「對啦！不是什麼重要的東西，我就只是賭氣帶出來而已！真的不重要，我就帶個空盒回來而已！」

老媽雙手自然的抱過盒子，從上到下看了一遍，重重放在神桌上。

「我看也沒什麼，就刻了些圖案，裡面也沒看到特別的。」老媽望著我們，「是多不乾淨？」

「不好說，但就是不能隨便扔。」我誠實以告。

「不乾淨？」老爸總算反應過來，「這包得很好啊，以前就這個顏色，我看一點兒也沒髒。」

……老爸的不乾淨，跟我們的定義有點差距。

老媽把盒子硬是推到神明前，越近越好，我看著燭火變弱，心底明白家裡供的神跟祖先也奈何不了它。

老弟先去梳洗，我們一起坐下來吃早餐，但內心的躁動依舊，體內的傢伙不知道在興奮個什麼鬼，搞得我心煩意亂！

「那盒子是裝什麼的？」結果老媽主動先問老爸了，「看起來是裝寶貝啊，你寶貝呢？拿到哪裡去了？」

「是裝了寶貝……我沒拿啊，我就只有拿這個盒子！我就說不值錢，當年我是賭氣拿的！」老爸顯得很爲難，一臉在思考該怎麼說的樣子。

「怎麼有人放著值錢的東西不拿，只拿外面的盒子啊？」老弟拉開椅子坐下，「如果眞的是什麼寶貝，早拿出來我們就可以住大一點的房子了是吧？」

「唉唷，我不敢拿那東西！」老爸情急的脫口而出，「那東西我……實在不知道是什麼，就覺得很邪門！我只知道它當時暫時被放在很神聖的地方，全部的人把它當寶貝，我光接近就覺得毛骨悚然……」

我點頭如搗蒜，我懂我懂，幸好老爸還有點敏感度。

「會怕你還偷盒子？」老媽沒好氣的說著。

「那時年輕，我因爲那家族的態度覺得不爽，我就故意想搞件大事！」老爸一臉認眞的回憶，「但我眞的跑進那間屋子後卻根本不敢拿，我想著眞偷走的話，我是不是就擺脫不了了？說不定還會被追到天涯海角？最後就拿個空盒走了。」

老媽嘆了口氣，「唉，有夠沒用！要是我，鐵定留空盒給他們，讓他們天天去拜那空殼。」

「妳不知道啊，那玩意兒很怪的！說它很珍貴，但是平時是擺在外頭的，那時因爲特殊原因才請回來；當時我把那個東西拿出外盒時，全身都起雞皮疙瘩！」老爸彷彿回到了幾十年前一樣，邊說還邊打了個寒顫。

「所以裡面的寶貝是什麼？」我趕緊抓著重點問。

老爸啃著麵包望著我，「呃……是另一個盒子。」

我謝謝你喔！我翻了個白眼，眞是有等於沒有的好答案！另一個盒子！

「眞厲害，盒中盒，玩遊戲咧！」老弟失笑出聲。

「唉唷，不一樣，裡面那盒子可貴重了！我是沒敢打開來，但我一直聽說那是個——音樂盒。」

叮。

一陣清脆的聲音，陡然在我耳邊響起，我倏而回首，看向了神桌那只盒子。

那一聲音符，並不像音樂盒會有的聲音，反而像弦樂器演奏的聲響，回音更長些。

老弟疑惑的看著我，再順著我的眼神望向神桌，輕輕的扳過我的下巴，搖了搖頭，「什麼東西？」

「你沒聽見？」

老弟眉頭緊皺，重重嘆了口氣，好，他沒聽見。

啪的桌面突然抖動，老媽一筷子重重放在了桌上，嚇得我們雙雙正首！

「吃早餐！聽什麼東西！」老媽催促著我們快點吃，「吃完看要怎麼處理那個盒子快點弄掉，不要跟上次一樣又給我帶一堆傷還急診就好了！」

我們沒敢吭聲也沒回應，這種事我們也說不準啊。

「還有你啦！」老媽突然矛頭指向了老爸，「就覺得有問題了還偷盒子出來，偷出來了還不丟，給我放在那邊佔位子！現在又找麻煩！」

老爸一臉無辜，「我……我想說只是盒子啊！我等等就拿去丟啦！」

「老爸，給我們處理就好！」老弟再度阻止，「你真的……不要再去碰那個盒子！」

老爸終於意識到事情的嚴重性，認真的在我們姐弟臉上來回梭巡，「是……是怎樣嗎？」

「老爸，」我不抱希望的提出問題，「你知道那音樂盒的來歷嗎？」

3.

「……從那時候起，我開始研究，如何保存人的聲音。」

我睜開眼睛時，意識一片迷茫，我甚至不知道自己身在何方，只看到一片黑暗，卻不覺得迷惑。

有個男人在說話，聲音來自於下方，我低首向下，赫然發現我竟懸浮在半空中，男人站在下方行走著、移動著！但我沒有飄浮感，我腳踩實地，簡直像是在半空中的另一個世界俯瞰一切。

這是間昏暗的房間吧？我能感覺到四周受阻，但我卻雲淡風輕的毫無所感，只是像旁觀者般。

「它是一個古老的音樂盒，但裡面卻發出我所聽過最神奇、最迷人的聲音！那不是死板的鐵片敲擊而已，那是人的聲音！那是人的聲音被透過某種極爲特殊的方式給保存下來！自從聽到那音樂盒後，我幾乎爲之瘋狂。」

下方的男人陶醉般的說著，我才發現他面前又緩緩出現另一個人，女人坐在椅子上，但是看起來在掙扎。

「我只是聽著音樂盒的旋律，它將一切都告訴了我，關於如何做出永恆的人聲的方法！」男人頓了一頓，「那就是要把那人的喉骨，在活著的時候，給挖出來。」

我有點迷茫，這傢伙是在說什麼？

「……我是響……我爲什麼在……我是響子……救我……」

一陣音樂猛地傳來，卻來自我身邊，我詫異向右轉去，一個女人曾幾何時走到我身旁，拉起我的手，隨著音樂翩然起舞。

我逕被拉前沒走兩步，左手邊又有另一個人拉起我的左手，我不驚不懼的轉過頭去，是個可愛亮麗的年輕女孩。

「我喜歡唱歌……我是韶韶……我唱得很好……求你……別殺……」

殺什麼？我聽到了奇怪的字眼，爲什麼這些女人把說話當成唱歌呢？黑暗的房裡難以看清她們的全貌，只有當她們經過天空打下的光束時，我才能勉強一窺眞容。

緊接著，後方也傳來疾步奔跑的腳步聲。

「這裡好黑……我什麼都看不……你要做什麼……你要做什麼……求求你……誰來……阿聲……」

我扭頭向後看去，是第三個女人，這是什麼歌劇秀嗎？她們在演哪個音樂劇？女人們的歌聲各有千秋，但都非常悅耳，只是一而再再而三的，卻是重複一樣的音調與歌詞。

「……我是響……我爲什麼在……我是響子……救我……」

「我喜歡唱歌……我是韶韶……我唱得很好……求你……別殺……」

「這裡好黑……我什麼都看不……你要做什麼……你要做什麼……求求你……誰來……阿聲……」

喵！

終於，一聲貓叫像是打斷了這循環播放的音樂聲，我看著眼前一隻小貓走來，牠一躍而上，輕巧的落在了第一個黑髮女人的肩頭。

突然間，房間亮了起來，我看見了每個女人的容顏，她們並不是什麼絕世美女，但每個人都帶著淒楚的神色，悲傷的望著我……

「……我是響……我爲什麼在……我是響子……救我……」女人再度開口唱歌，她嘴是開了，但是伴隨而出的，是噴濺的鮮血！

鮮血從她的頸部喉嚨處噴出來，我詫異的發現，她的頸子有個洞……不，不只她！三個女人同時移步到我面前，激昂的衝著我唱著那重複的歌調，她們三個人喉頭都有個窟窿，裡頭漆黑一片，唯有鮮血不停的噴濺而出！

「喵！」女人肩頭的貓輕喵一聲，紅血從牠的下顎滴落到地面。

我驚恐的後退，此時此刻，歌詞開始改變，而那原本悅耳動人的歌聲也變成了刺耳的尖叫聲。

「我喜歡唱歌……我是韶韶……我唱得很好……我要帶你下地獄……沈寞……」

「這裡好黑……阿聲……去死吧沈寞……我要你永遠在黑暗中……」

「啊啊啊……嘻嘻……哇……不要！」痛苦的嚎叫聲驀地來自我腳下，我向下看著剛剛那說話的男人，他雙手抱頭仰天大叫著，血紅著雙眼與猙獰的面孔，再再顯示了他的瘋狂！「殺了我、殺了妳們……不要……………嘻嘻！啊啊……」

黑貓驟然向我撲來，我向後驚的一顫，腳底竟瞬間成空，我就這麼摔了下去！

剎！身子一個震顫，我以爲我會嚇醒的，但我發現我穩穩的以公主抱的姿態飄浮在半空中，一個我再熟悉不過的男人正穩穩抱住我。

更正，是外貌我再熟悉不過的男人。

『很有趣吧？』他衝著我笑，『喉骨音樂盒，多迷人的想法。』

「這些你搞的嗎？想讓我精神耗弱，好奪我身體？」我冷冷一笑，「在我體內這麼段時間了，還沒搞清楚我是什麼個性嗎？」

『我想要那個盒子。』男人俯頭逼近了我，『拿來，送給我。』

我望著那我曾經最愛的臉龐，輕柔的伸手撫上他的臉，甚至跟著湊前，氣氛頓時曖昧起來，他的動作跟眼神一如既往，就彷彿我的男友過往朝我索吻的姿態。

只是，就在唇瓣相觸前的一瞬間，我輕輕呢喃了一段，他絕對沒想過的「情話」。

「易偉」瞬間倒抽一口氣，臉色乍變，那張易偉的皮頓時從俊帥疾速衰老、變得乾癟甚至開始腐爛，腐爛中的姿態噁心得讓我別開眼神，而爛掉的不只是臉，還包括他的身體，所以腐朽的手再也撐不住我的重量——我摔下去了！

再一次的，跌落斷崖般的夢境，我跳開了眼皮。

啪！我毫不猶豫的賞了自己一巴掌，會痛，這不是夢！

上鋪立刻傳來動靜，一顆頭從上方挪下來，「姐？」

「我沒事……」我坐了起身，感受到後背全已汗濕！我的床頭就黏著書桌，轉身取過水先喝個幾口，同時上舖的老弟跳了下來，「噴！你傷是好了嗎？這樣亂跳。」

「不礙事的！」老弟已經開啓擱在他枕邊的夜燈。

夜燈是半圓形燈罩，燈罩上刻著佛印，專門拿來驅鬼。我看著映在牆上的佛印，頓時覺得舒心許多。

「就做了個惡夢。」我嘆口氣，挪了個位子讓老弟鑽進來。

「跟白天那盒子有關吧？只有妳感應得到。」老弟顯得有點懊惱，「這好像是第一次，發生這種只有妳感覺得到、我卻啥都沒感覺的事！」

「你喜歡啊？這福氣給你要不要？」我白了他一眼，但我知道老弟在說什麼。

從前幾年清明撞鬼開始，我們就變得越來越容易看到那些魍魎鬼魅，而且是「一起」，所以難得有這種唯有我感受得到的狀態。

「有三個女人一直在唱歌，歌聲很好聽，但歌詞很怪，我已經想不起來了！」夢境裡的一切要記全實在很難，「但是她們的喉嚨都有個洞。」

我比劃了個甚大的窟窿，幾乎佔了頸部的三分之二。

「這樣還能唱歌？」老弟果然是個聰明的傢伙。

「血一直噴啊，可是那聲音清澈不帶血，不像是她們身上發出來的……」夢裡還有什麼，啊，對，還有個瘋狂的男人！「該不會那是個保存人聲的音樂盒？」

老弟緊張的瞥了我一眼，「音樂盒？」

「對，能保存人聲的音樂盒，所以夢裡她們是在唱歌，但聲音應該是從音樂盒中流出的！」哎呀，我想起來了，「那個男人說的，活生生把人的喉骨挖出來製成音樂盒，就能保存下最美的聲音！」

老弟立即扶額，「天哪！老爸那盒子該不會裝的就是人骨音樂盒吧？」

我也知道這個夢不尋常，那三個女人加一隻貓，是想告訴我什麼……問題是，告訴我做什麼？

「說不定，所以老爸當年覺得不舒服。」我無奈嘆口氣，「然後，我體內那傢伙開心得很，他想要那個音樂盒。」

「易偉哥？」老弟倏而抬首，眉頭卻皺得更緊。

「就說不要叫他易偉，他奪了易偉的身體、呑掉他的靈魂，沒資格叫他的名字！」我再次警告。

名字代表著一個人，那個惡魔不是我的易偉。

「妳下午也說惡魔先生對那盒子產生躁動，現在又擺明想要盒子……」老弟沉吟道，「我們只怕得找到那個傳說中的音樂盒。」

「這倒不難，我看見那個發狂的男人，身上有束縛衣，應該在精神病院裡！加上三個女人，至少是三屍命案！」我打了個呵欠，「累了，讓我繼續睡吧！明天來找！」

之前認識了一位章警官，他是非常理解阿飄事情的警察，明天打算去找他問問。

老弟爬上了上鋪，嘎吱作響，「我夜燈不關喔！」

「好。」我已經昏昏欲睡，至少那佛印，可以讓那三個女人遠離我的夢境吧。

歌聲再好聽，我對於那種詭異的歌……一點興趣都沒有……嗯……

4.

監視器裡的男人正在無能狂叫，他身上穿著束縛衣，不停的用頭撞向四周滿是海綿的牆，瘋狂的大吼大叫，而他全身籠罩黑氣，隱約的都能見著人形，是被好兄弟青睞的人。

「這是特製的房間嗎？沒有任何桌椅，而且牆上都是厚海綿？」老弟指著監視器問。

「因爲他會自殘，動手摳自己的雙眼，導致現在視力極差，右耳也已經聾了，還是自己拿筷子插進去的，要不是護理師即時發現，他都沒命了。」一名老成的警官在一旁解釋，「他殺了他三任妻子，並且把她們的喉骨製成音樂盒……他是在殺害第四任妻子時被抓獲的。」

果然啊，與我的夢境不謀而合，三任妻子，想必就是夢裡那三個邊唱歌邊噴血的女人了。

「音樂盒裡……是什麼聲音？」老弟問著。

章警官面有難色，「如同眞人般的聲音，但聽著實在令人毛骨悚然，已經封存證物了。」

「他是不知道世界上有一種叫作錄音機的東西嗎？」想要眞人原聲，沒必要殺人取骨吧？

「那不完美！這位先生想要的是可以保存眞人原聲的音樂盒！要有音筒與音梳，卻能放出如同原聲般美妙的音樂。」章警官嘆了口氣，「這案子轉到我手上時我就知道，又是一個瘋魔的例子。」

「有病！」我嘖了一聲，「能進去看他嗎？」

章警官詫異的看向我們，「我覺得……情報需要互惠？」

「可能還有一個音樂盒，而且是更更更麻煩的東西！」老弟向來是說明代表，「然後那三個女人半夜跑去纏我姐，應該有什麼事要說。」

章警官面容平靜，但是一雙眼如深潭似的凝視著我們，幾秒後他點了點頭，轉身去與病院交涉，讓我們進入該男子的病房。

編號H332，沈寞，曾是大公司的菁英老闆，現在只是一組編號。

「他右耳已聾、視力模糊，但還是聽得見，」章警官在門口說著，「他的前妻們似乎沒有放過他的意思，每天在他耳邊嘶吼尖叫，不過他有束縛衣，你們只要不要靠太近就好。」

我跟老弟正一一的把身上多餘的東西取出，這是爲了保障他的安全，倒不是我們的。

電動門解鎖，我與老弟走了進去。

在角落的男人倏地回首，血紅的雙眼看上去有點可怕，他癲狂的看著我們，又哭又笑的。

「叫她們閉嘴好不好？你快點叫她們不要再唱了！」男人喊著，朝我們衝過來。

我跟老弟很快的分向兩邊閃開，這房間不只是牆壁都以海綿防堵，連地板都鋪了一層厚厚的氣墊，讓我們行動上差點失去平衡。

「你不是最愛她們的聲音嗎？都這麼多事的把她們的喉骨活活取出，製成了音樂盒。」我邊說，邊望著分散在角落的怨魂們。

我夢裡的那三個女人，枯槁的面容伴隨怨憤的眼神，喉嚨的開口正汩汩噴著鮮血，開闔的嘴看得出來正在引吭高歌……她們三個正捧著男人的頭，在他耳邊唱著。

我瞥向老弟，他皺起眉，果然也看得見。

「是很好聽，但是……哈囉！我們有話講跟他說，三位可以先暫停一下嗎？中場休息之類的？」

咦？老弟聽得見嗎？

三個女人同時收了聲，朝老弟睨了眼，他趕緊賠著笑臉然後躲到我身邊來。

但更驚愕的神情卻是來自於男人，他鮮紅雙眼帶著一抹喜悅，扭著頭看向老弟，「你……我記得你的聲音，很特別又好聽的……」

隨著老弟躲到我身後，男人的視線移了過來，他就這麼直勾勾的越過我，貪婪般的盯著老弟……這眼神我有印象啊，是有幾年的時光，但我記得啊！

「原來是你啊！難怪會嫌我買的音樂盒難聽，因爲不是喉骨做的是吧！死變態！」我雙手抱胸，姆指向後指向老弟，「怎樣？你看上我老弟的聲音了？」

身後的老弟輕啊了一聲，腦子好的他，絕對立刻想起來了。

「我想起來了！莫名其妙還想找我去打工那個……啊！」老弟立刻看向其中一個怨魂，「那天遇到的是她，還輕柔的叫他老公！」

黑短髮的女人幽怨的看著我們，張開嘴後淚水與喉口的血水一同流下。

「很特別的聲音啊，眞好聽，我沒有收集過男人的聲音……」男人踉踉蹌蹌的前進，我也不客氣的驅前，直接抵住了他的身體，「讓開！妳這毫無價值的聲音！」

「那個告訴你要用喉骨製作音樂盒的原始音樂盒在哪裡？」我覺得我彷彿在

說繞口令。

男人一凜，越過我的視線終於慢慢回正。

「那個……音樂盒……」他顯得有點緊繃，「美……眞的很美，我從沒聽過那麼美的聲音，那是一個古老的音樂盒，但卻發出我所聽過最神奇、最迷人的聲音！那不是妳拿的那種死板的鐵片敲擊音，那是人的聲音！」

「在哪裡看到的？事不宜遲……老弟？」

老弟從口袋裡拿出能被帶入的紙，我們早有準備，將老爸的木盒印出來，以防手機帶不進來。

老弟攤開了那張彩色印刷，在男人反應之前，病房裡的冤魂卻突然發出淒厲的慘叫聲。

『啊啊啊——』

那聲音幾乎要刺破耳膜，我跟老弟趕緊摀住雙耳，結果男人趁機衝向老弟，以嘴代手的一口咬下了他手裡那張紙！

「到門口來！」病房內的廣播聲起，是章警官的聲音。

我掩著刺痛的雙耳趕緊潛回病房門邊，幾乎是我們一抵達，電動門旋即開啓，我是被人拽出去的！

我跟老弟兩人雙雙跌在地上，耳鳴得厲害，難受的看著雪白的天花板，還伴隨一陣暈眩。

「還行嗎？」隱隱約約的，傳來章警官穩重的聲音。

我喘著氣，以掌根敲著自己腦袋，腦子裡嗡嗡叫著，就是反胃難受。

「尖叫聲太可怕，我們平衡受了點影響。」老弟的大掌蓋在我背上，「老姐，老姐？」

我無力的趴在地上，壓制反胃的衝動，那尖銳的尖叫聲中，夾帶著音樂聲……非常微弱，但我還是聽見了。

「我看見……一條山路，有點陡，但是蜿蜒向上，十分偏僻。」我聽著我的聲音漸漸平靜，「上面有一個小小的屋子。」

那是僅閃過一秒的畫面，可是回憶卻是如此清楚。

「我的天哪……」驚嘆的聲音，卻來自於蹲在我們身邊的章警官。

我們不約而同的轉向他，聽起來他知道些什麼？「你知道我們在說哪裡？」

章警官蹙著眉心，眼底帶著點憐惜，「你們兩個，爲什麼會遭遇這種事？」

「我也想知道……」我摀住嘴，掙扎起身，我想吐！「洗手間在哪裡？」

我完全明白，那位沈寞生不如死的痛苦了。

5.

那像是種古老的曲調，有人正在低吟著，聽上去有幽遠的感覺，可能在訴說一個故事，但我沒聽過那種語言。

我只知道那是極為神聖的儀式，震撼人心的音樂聲在寬闊的大地上響動著，黑暗中的火燄隨之跳躍，有無數人跪地膜拜，整齊劃一的排列著，然後四周還有巍峨的高山峻嶺。

這兩天的夢境都只有這樣的場景，沒有好兄弟，畢竟佛印燈整晚亮著，但是聽著那曲調，我都會全身起雞皮疙瘩的不安。

明明沒有鬼，卻有種讓我喘不過氣來的窒息感，夢醒後也依然被那種不適感纏身……壓抑的氛圍，就如同現在我身處的環境一樣。

簡單但莊嚴的靈堂，前方是形銷骨立的家屬們，中年男人雙眼凹陷無神，悲淒的一一回禮，我與老弟上香致意，家屬有幾分困惑，但男人卻明顯的記得老弟。

這是老弟之前的大學教授，在某學期突然請辭，當初是說家裡有事，沒想到多年後才明白，原來當年是因爲教授的女兒失蹤了！

這位教授早年喪妻，一個人含辛茹苦的帶大女兒，結果某一天女兒又失蹤了，音訊全無！他辭掉了工作，全心全意的尋找女兒的下落，直到今年，終於找到了。

「啊啊啊啊！爲什麼——」悲痛欲絕的哭喊聲從簾後傳來，「都是我害的！都是我！」

教授當即愣住，焦急的轉身往後方去。

「都是我！你打我吧叔叔！是我當時讓她一個人去的！」男人的聲音絕望的喊著，「我就說要陪她的！我應該要陪她去的！」

男人哭得撕心裂肺，聽著幾乎都要喘不過氣來，家屬也趕緊到後面去幫忙，不一會，架出一個哭到虛脫的男人，連站都站不穩當。

「小宇！你別這樣……讓她好好的走！」教授難受的蹲在男人身邊安撫著，

「就讓……她……好好的……」

「我明知道有危險卻放她一個人去，都是我的錯，我跟著、我只要跟著她就不會出事了！」邵中宇涕泗縱橫，「乾媽都說死劫、因果劫，沒有辦法靠外力來處理，只能回到源頭……那麼吊詭的事，我就該更警覺的！我眞的沒想到再見到她時，她會……哇啊啊啊！」

男人悲涼的哭聲感染了全場，聞者鼻酸，教授也禁不住的痛哭失聲，禮儀師們趕緊上前安撫，必須平復好心情，因爲時辰快到了。

一個小時後，家祭與公祭結束，逝者前往火葬場。

那個哭得肝腸寸斷的男人，應該是教授女兒的「閨蜜」，他有著女性化的溫柔感，也才如此感性；他的靈魂彷彿被掏空似的，坐在位子上動也不動；老弟拍拍我，他要去找教授談談，讓我在這兒待著。

「這個許教授的女兒失蹤四年，結果在前陣子的一起綁架案中被找到。」章警官坐在我身邊輕聲說著，「她是綁匪之一，不過所有的綁匪全部死於非命，毫無全屍。」

「綁架案？」我連猜都不必猜，這年頭誰還在綁架？「就是那個知名企業董事長的孩子被綁架的綁架案？」

「對，被綁架的四個人是兩對情侶，也都血濺當場，只有一個倖存者，但是……也無法問話。」章警官提起這個有些許不快，「對方財力驚人，背景雄厚，不讓我們見他兒子，但從錄影看來，已經不是正常人了。」

我點點頭，今天這場告別式，正是章警官告訴我們的。

因為「音樂盒」這三個字太敏感了！

那起震驚全國的綁架案眾所周知，首先這年頭實施綁架很蠢，再來就是歹徒居然什麼錢都沒要到，就以自相殘殺作結；只是世人不知道「自相殘殺」的眞相，是死狀特異的場景。

發瘋的受害者叫陳紹強，其父是政商界有頭有臉的人物，他能配合警方的部分有限，因為兒子已經發瘋。但是他知道，兒子之所以變成那樣，似乎跟遺留在現場的音樂盒有關。

那個音樂盒是什麼？在哪兒？陳父說不知情，只知道自己的兒子癲狂了。

然後，章警官提到了綁匪中有位女性，死狀甚慘，幾乎被「大卸八塊」，不僅整張臉被砍得面目全非，甚至連其中一隻手都被活活剁斷，而且因為女歹徒雙手被束線帶束縛，斷手還被綁在另外一隻手上，模樣看起來十分駭人。

而將一個女性歹徒砍成這樣的凶器是把開山刀，但下手的卻是被綁架的其中一位女孩、陳紹強的女友筱蕙，一個其實非常削瘦的女孩。

一個男人要這樣砍斷另一個人的手、分屍並沒那麼容易，更何況是個普通瘦弱的女孩？

最後那位筱蕙是被螺絲起子插入頸子而亡，指紋證實是已瘋狂的男友陳紹強——所以，被綁架的情侶還互相殘殺？

這案件太過吊詭，所以其實跨了三個區域，還是落到了專辦特殊案件的章警官手中。

而那位被分屍的女歹徒，經過驗屍，正是教授失蹤四年的女兒，許詩宜。

當年失蹤檔案也一併交到了章警官手裡，四年前許詩宜說要去找媽媽的娘家人後便人間蒸發，再也沒有回來；該區的警方的確認眞尋找調查，但手機沒有訊號，所有帳戶也沒有動用，完全找不到她的蛛絲馬跡，她安靜得就像是……死了一般。

誰都沒說破，但是當一個人在世上毫無生活軌跡時，警方都會在心中做最壞的打算。

誰也沒想到，一起綁架案血腥淋漓的現場中，會出現那個消失四年的女孩，甚至——她已有孕在身。

章警官指向了那個傷心的男人，那是許詩宜的閨密，邵中宇，這幾年來他始終非常自責，因爲他沒跟許詩宜一起去找尋她母親的家人，甚至連問在哪裡都沒有，就這麼斷了音訊。

但再痛苦都沒有比最後尋獲她的屍體來得心碎。

「所以你們找到什麼沒有？那群歹徒的來歷？還有許詩宜究竟去了哪裡？」我比較在意的是這點。

但看著章警官嚴肅的神情，我就知道沒這麼簡單。

「人都死了，也不知道他們是從哪裡來的，除了許詩宜，其他人甚至根本沒有任何身分證明跟就醫紀錄。」章警官語重心長，「他們簡直就像從另一個世界突然出現一樣。」

我望著簾幕後方，說不定我得去見見那位許詩宜。

我不喜歡思考太久，旋即起身，就朝簾幕後走去

「小姐，請留步。」禮儀師攔下了我，「這後面不方便。」

「我知道已經釘棺了，我就看一下。」

我的異常舉動自然引來家屬側目，教授也趕緊湊前，在他身邊的老弟果然出手拉住了他。

「那是我老姐。」老弟誠懇的看著教授，「或許我們能知道這四年來，她發生了什麼事。」

邵中宇第一時間站了起來，不可思議的看著老弟，「你……你是誰？哪裡來的神棍！在別人傷口撒鹽啊你！」

他怒從中來，二話不說撲向了老弟，老弟閃躲攻勢，我家老弟打架不行，躲倒是一流的。

「利用別人的悲傷，太過分了！趕他出去！」

「等等，邵中宇！他是我學生……」教授趕忙擋在中間勸阻著，「他眞的是我學生！」

「是學生又怎樣，他要是知道詩宜這四年來發生什麼事爲什麼不說？現在在這邊搞什麼怪力亂神？」

「這件事一開始就是怪力亂神！你知道的吧，邵中宇！」我沉穩有力的開口，聲音立即在靈堂裡迴盪，「奇怪的音樂、莫名其妙的音樂盒，連你乾媽都無法解決的事情，還不夠符合你口中的怪力亂神嗎？」

邵中宇握著拳頭的手懸在半空中，不可思議的朝我看來，又氣又慌的四處張望，終於看見了章警官的身影。

「妳——警察！你們怎麼會洩露案情給外人知道！」

「我也聽見了！」我再次打斷了邵中宇的話，「我聽見了音樂聲！」

咦？邵中宇當下臉色刷白，下一秒竟雙腳一軟，當即跪倒在地。

我即刻旋身，揭開布幕進入後方，我都還沒看清楚棺材的模樣，只看到外頭裹著一層鮮紅的霧氣。

同一時間，那旋律突然響了起來。

『好棒！就是那個盒子！我要那個音樂盒！』

我體內的惡魔再次躁動，幾乎要衝出我身體，但是很遺憾，他再狂妄，沒有我的允許，劍是無法出鞘的。

「閉嘴！」我看著那棺木，可怕的不是包圍在它四周的邪氣，而是……

那不停從棺木縫裡湧出來的血水。

噗嚕噗嚕——棺木裡的血彷彿翻江倒海似的洶湧，棺蓋都爲之震盪，血一波一波的從縫裡流出，嘩啦啦的流淌到了地面，滴答滴答的簡直堪比樓上水管爆掉。

微弱的旋律繼續在耳邊響起。

喀噠。

我感覺棺蓋彷彿被人推高了點，朝上推動了幾吋。

鮮血不停的向地板流下，然後全數朝我湧來，在我腳下匯集，我只能盡量開無視，那是只有我才能見到的幻覺，否則旁邊那些親屬早就尖叫的衝出去了對吧？

接著，棺木裡伸出了一隻手……纖細到一點都不像是人的手，又細又長，甚至像是沒有骨頭般扭來扭去。

彷彿在空中扭來扭去的充氣布偶一樣。

「最好給我解釋清楚。」

我咬著牙上前，倏地握住了那隻「手」——

6.

一股強大的力道拽著我往前，或者是說把我吸入比較貼切，但是我就像是在一條透明的隧道裡被吸著往前走，但四周圍卻是我沒見過的人事物！

我看見了所謂綁架案的現場，從警方勘驗開始倒帶，看見陳紹強驚恐的用一把螺絲起子插進女孩的頸子，再到同一個瘦弱的女孩突然發狂的取起開山刀，硬生生剁斷那個蒙面女歹徒……許詩宜的手臂，淒厲的慘叫聲與躲藏都不敵好像開了外掛的女孩，她完全瘋狂且力大無窮的胡亂劈砍。

血回收著，人倒退行走，他們被綁到這兒來，一群人非常嚴肅的討論著到底誰「碰」了音樂盒；那兩對情侶是在山上被綁來的，我看見兩座山谷夾著市區的燈火，燈光形成的燈河，蜿蜒流入大片燈海之中。

然後是一個長相俊美的男人，與砍死許詩宜的女孩衣衫不整的待在一個小屋裡，那女孩雙眼閃爍著貪婪之光，擺放一個盒子回去……喔不，這是倒流，所以那個女孩拿起了放在裡頭的盒子。

那個，跟老爸手裡的空盒，有著一樣刻紋、略小的盒子！

是她？我下意識的伸手想拿走那盒子，但往事只是幻影，我根本伸手不及，接著看見在昏暗房間裡慘叫著，被取出喉骨的妻子們，喔，那位沈寞先生當時看起來還是個正常人。

過往一切跟跑馬燈似的環繞飛掠，最終陡然煞車，我身子前傾般的差點跌跤，往前擺動雙手平衡身子，意識到在我四周是等人般的長草……不過我逼近一百八十公分高，這點草還不至於遮去我的視線。

但我的前方，有個詭異的人影，他站在這片高草原裡，卻僅有膝蓋以下被長草遮蓋……這是身高三百公分嗎？都能去打ＮＢＡ了。

我身在一個漆黑廣闊的大地，上方還有一輪慘白明月，月亮透出的光暈令人非常不適，敵不動、我不動，我留意到前方那人彷彿並無實體，渾身漆黑，身體飄動得彷彿一團黑霧，不過他的四肢纖細無比，又非常的長，還能隨風擺動，正是伸出棺木的那隻手。

拉我進來的傢伙。

我握緊飽拳，指甲嵌入掌肉，明白現在不是夢境，或許意識被牽引著，沒有實體的我身上應該沒什麼法器可以用，但我們早有防備。

「那個盒子是音樂盒嗎？那是什麼東西？」我沒耐性，主動開口問了。

巨人轉過了頭，我倒抽了一口氣，雖有心理準備，但還是不想再看第二次。

巨人面白如紙，甚至能反射慘白的月光，眼睛與嘴巴處抿成一線，上頭被縫線縫得密密麻麻，現在多處縫線處都帶著鮮血，還有扯裂的痕跡，看上去有點慘烈。

它飛快的來到我眼前，我下意識的向後退去，但它那隻宛如無骨的手卻擺動繞到我身後，扶住我的背後向前推，不讓我閃避，逼迫我與它面對面！

它那被縫起的雙眼位置努力張開，即使一小縫，還是可以瞧見裡頭一片血紅，而咧開的嘴裡卻是深黑。

『咿嘻嘻嘻嘻——』它突然笑了起來，笑得令人極度不爽。

但更可怕的是，這笑聲的音調，跟我聽見的旋律如此相像……或許一樣吧？不好意思，我音痴，不會認。

長到噁心的手撫過我的臉頰，腐敗味籠罩著我，我閉著氣，剛認識可以不必這麼親密！

「你是會不會說話？不能說話的話，我要走了。」

我餘音未落，直接一掌推開它！

它無視於重力般，真的被我推得輕飄飄的向上，像氣球般朝越亮的方向飛去，然後又緩緩的落於草地裡，與我拉開了約莫兩公尺的距離。

『咿嘻嘻嘻——』它又開始笑了。

或是這整片大地都響起那熟悉的曲調，可以嘛！多演奏幾次，說不定我能記下來。

我環顧四周，依舊是如此廣闊，我彷彿可以聞到火炬的氣味，音樂聲裡的重音開始出現咚咚的重音，人聲摻雜進音樂中，說話聲？哭聲？究竟有多少人的聲音在裡頭？

那個怪物似笑非笑的看著我，突然一蹬腳，又朝我這兒飄過來。

「唐玄霖！」我大喝一聲，老弟該把我拉回來了。

看著那怪物朝我追來似的，挑起的嘴角努力把縫線撐到最緊，它是在笑，笑聲與那音樂旋律是同步的。

我這次不逃不躲，因爲這傢伙感覺明顯想嚇唬我，我現在渾身都起雞皮疙瘩，但面對挑釁，我向來不會服輸，最重要的是——老弟出什麼事了？爲什麼他沒有在我身邊把我喚醒？

這件事讓我沒有辦法用全部的心力去恐懼！

「唐玄霖！」我再吼了一次，這當中更叫我不安的是，我竟然完全感受不到體內「那傢伙」的存在！

打從握住棺木裡伸出的手後，我就感覺不到他了！問題是這惡魔是封印在我體內的，我們不可能分開，他是怎麼隱藏的？

怪物驅前兩步，那在風中扭動的手朝我伸來，我縮了頸子閃躲，滿腔怒火的瞪著它，「你困住了我？還是困住了我老弟？」

它最好，不要動我弟弟！

音樂聲越來越大，人聲越來越近，我幾乎已經看到火光在前方不遠處跳躍，這迫使我停下腳步，我不覺得我繼續往前走會有好事。

但回過頭，那怪物曾幾何時就站在我的正後方，那纖長扭曲的手還對著我比劃了「往前」。

往前你的頭！我咬著牙回身，筆直的朝怪物衝去。

「不會說話的話，找個會說話的人來！」我直接衝向它，它扭曲著身體輕輕的閃過，輕而易舉。

在空中亂擺著手揪住我的衣服，將我陡然向後拉，我嚇得失聲驚叫，卻也沒忘掙扎的往前撲去……然後我就摔下去了。

「醒了醒了！」

有一群人包圍著我，我人躺在莫名的地方，在我眼前頭最大的是章警官……不是老弟。

「唐玄霖呢？」我伸手壓住章警官，倏而起身，「我老弟人呢？」

「他沒事！沒事！」章警官趕緊安撫我，「他剛突然不舒服的大叫倒地，也才醒來，妳先緩緩。」

我撥開他就站起來，我們還在靈堂裡，我剛被安排躺在椅子上頭，猛然起來有些許頭暈，但很快的看到在另一區的老弟，他也是坐著的，扶著額，神色也相當難看。

我來到老弟身邊，他嚴肅的皺著眉對我說沒事，但我們看向彼此的雙眼，都知道絕對有狀況。

「突然聽見音樂，讓我有點頭疼。」老弟有隻手還摀著耳朵，「吵！」

他也聽見了！

「音樂？」許教授在一旁，短短兩個字的聲音都在顫抖。

「該不會是……」那位邵中宇刷白的臉，從喉間逸出了一模一樣的聲調！

哇喔！是有點像……「對，就是這個旋律！對吧，老姐？」

老弟答應得好快，我面有難色的看著他，「我音痴啊，你忘了？我記不得，但很像就是。」

「爲……爲什麼？」邵中宇渾身開始劇烈發抖，一臉惶恐莫名。

「抱歉，許先生，我們得離開了。」禮儀人員互相交代著，許詩宜要出去了。

「老師，您先去吧！好好送她最後一程，我……我還得休息一下。」老弟趕緊朝老師說著。

教授憂心忡忡的看著老弟，拍拍他的肩後便要去忙碌，而剛剛哭得撕心裂肺的邵中宇現在卻反而腳生了釘，動彈不得的蹲在原地。

「等……等一下！」我突然想起什麼似的，喊了出聲，「與裡有木有灰！」

一時間，靈堂裡靜了下來。

教授回頭看著我，眼神裡盈滿的不是疑惑……而是不可思議！

「我不會唸那個字，但是高興的興，沒有兩撇、卻有林下大火！」我看著整個靈堂裡的人，「有人姓這個姓嗎？」

「爨……」那個還沒站起來的邵中宇，這次直接跌坐在地，「爲什麼……爲什麼妳知道!?」

喔喔，看來我沒看錯。

在那火把之間，在悠揚樂聲與鼓聲中、在眾人交談的雜音裡，在群山之下，我還看到一個高高掛起的牌子——

爨

7.

這個罰寫一定會哭的姓氏，是教授夫人、也就是許詩宜生母的姓氏，我想著把這姓寫完，我已經把名字三個字都騰完了吧！

這極爲罕見的姓氏令人印象深刻，連轄區警官至今仍舊記得。罕見的姓氏，來自於奇怪的家族，章警官展開調查，想查一查國內有幾個人姓這個姓？家族又在哪兒？

邵中宇詳細告訴我們，他從許詩宜那兒知道的事，關於他親眼見到一個怪物黏在許詩宜身後、以及其母當年是逃出娘家、最後也是被怪物逼迫才自殺的。

「就是那種有錢的名門望族，加上姓氏這麼特殊，完全是個有錢的神祕家族。」邵中宇低沉的說著，「伯母不想每個月圓都餵血給那個盒子，想擺脫命運所以逃出來，但最後還是被抓到逼迫自殺！可是因爲這樣，死後無法回歸祖墳，便不能接受供養，詩宜才想讓伯母回家……然後……然後……」

他泣不成聲，也難怪他會這麼沮喪，畢竟當年他知曉一切，原本以爲好友一下就能回來，誰知道再見已是永別。

「餵血啊，一聽就知道不是好東西。」老弟搖了搖頭，「還神祕家族，許詩宜四年來杳無音訊，還主動參與綁架，她可能成為家族一員了。」

「才不會！詩宜說只是把母親的骨灰放回去，然後她只要每個月去餵血就好了！既盡義務，又不會被那個怪物追殺！」邵中宇激動的反駁。

「但事實不是這樣啊，回去似乎就出不來了吧……」我照實說著，「你還知道那木盒什麼事？」

邵中宇聽見木盒，緊張恐懼的嚥了口口水，不安的左顧右盼。

「我們在找你好朋友消失的這四年……」

「我知道！但我會怕啊，我乾媽說……說不能碰！那不是我們能碰的東西！」

邵中宇恐懼的說著。

「乾媽？」

「媽祖，是間廟，很靈驗的——啊！你們——」

「不必！」我跟老弟異口同聲，「我們會被廟趕出來的！」

咦？邵中宇一怔，又開始發抖，「也……一樣……」

「什麼一樣？」

「當初詩宜去找乾媽時，也是被趕出來，我們才剛進去就被人說，無法處理。」

嗯，我擠著微笑，我們會被廟趕出來的理由，跟許詩宜的不太一樣。

「這麼多警告，她還是去了吧！」

「因爲伯母沒辦法安眠，也受不到供養。」邵中宇絞著雙手，「最重要的是，那個怪物……都已經找到她了！她一直聽見那個音樂，雖然當年她母親逃了，但怪物還是找到她們了。」

「怪物爲什麼對她母親這麼執著？還要帶走許詩宜？」老弟有點不解，「餵血人只有一個嗎？如果她母親逃了這麼多年，盒子該渴死了吧？」

不，很多個吧？我腦海裡閃過綁架的凶嫌團夥。

「不不，很多個！但是唯有特定的人會被選作餵血人，而盒子非常喜歡伯母的血，詩宜又是她的血脈，所以盒子找到了她，叫她回去。」

那只木盒是該家族的守護神，木盒帶給他們財富，但來源並不光彩，所以他們低調的在深山生活。

傳說中那木盒正是音樂盒，從未有人懷疑過，因爲所有人都可以在腦海中聽見那段詭異的旋律；家族支系龐大，每個人都知道音樂盒的存在，終其一生一定腦中也會響起旋律好幾次。

但真的見過木盒本尊的人不多，而這木盒一直都放在祖墳裡頭供奉著。這神聖木盒有兩大要點遵守：第一，不可以打開，打開以後會發生不幸，而是怎麼樣的不幸，沒有留傳；第二，便是每逢月圓之夜，必須餵血給木盒。

聽說一旦餵血給木盒後，桌子上的符文則會隱隱發光，接著木盒會稍稍晃動一下，彷彿一種吃飽後的滿足。

「桌上的符文？」老弟沉吟著，我知道他想起了家裡那盒子裡詭異的刻文。

「對，就在……有個很寬的墓室那裡！」邵中宇記得很清楚，「桌上真的有條看不懂的東西！」

「還挑口味咧！而且逃了十年都能找到，這是鼻子靈敏還是味覺靈敏？」未免也太執著了，是沒喝到不行嗎？

「聽說是木盒自己選擇的，出生幾個月內，如果有嬰兒在月圓之夜哼出那音樂盒的旋律，就表示是被木盒選中的餵血人！被選中的人，就要負責終生餵食音樂盒到老死，但餵血人其實很多，也不一定要全員到齊……可是詩宜的媽媽，是逃走的。」

身為閨蜜，邵中宇知之甚詳。

因此從聽見那首旋律開始，就代表許詩宜被怪物找到了！那——我跟老弟在那天後也都聽見了完整的音樂旋律，但我跟老弟可不姓那罰寫會哭的姓啊！而且我們可是距離「出生幾個月內」有段很長的距離了！

「我要知道那個墓室在哪裡。」老弟請邵中宇給了詳細的地方，「既然許詩宜能在那邊找回自己族人，我們應該也能找到他們。」

邵中宇聞言，卻下意識拒絕。

「不行，如果再發生詩宜那樣的事，我承受不起的！」邵中宇說著又哭了起來，「那眞的不是我們、或是你們該碰的東西！」

「我們又不是許詩宜或是那個難寫得要死的家族人。」我鄭重的說著，「我姓唐。」

邵中宇皺起眉，「姻親？」

「那家族的人不是都隱於深山嗎？看看跟許詩宜一起身故的綁匪，警方到現在都還找不到他們的身分證明——除非，逃走的不只許媽媽。」老弟輕聲遊說，「而偏偏，我們都很清楚，我們的老爸唐阿豐，有清楚的出生地。」

「可是……你們爲什麼能聽見那首歌？」

喔，這眞是個好問題，爲什麼？

我倏地握住他的手，認眞的望進他眼底，「這也就是我想去問清楚的事。」

但在此之前，我還有另一個最大的問題——那就是老爸到底從哪裡把那個盒子偷出來的？

8.

「我問了，就是從家族的一個祠堂裡偷出來的！」

老媽正在廚房炒菜，油煙味嗆得我趕緊開窗，老舊的排油煙機根本沒什麼效力，辣得我直打噴嚏。

「老爸家居然有祠堂？」老弟這質疑正確，因爲我們記得老爸家很窮啊！

而且他是從小爹不疼娘不愛，父母各自再有新家庭後就把他拋棄了，所以爲了生存，老爸年輕時可是鄉里間有名的惡霸流氓啊！

「他說他是僅有一點點血緣關係的孩子，家族根本不承認，那次回去到大家族也是他母親想要錢，最後當然沒拿到！你老爸以前年輕氣盛的，討厭他們狗眼看人低的樣子，所以就刻意去把他們很重視的東西偷出來！」

「我的天哪！老爸該不會眞的是那個難寫族的人吧！」我皺起眉，「所謂一點點血緣是多少啊？少到人家不承認？」

「搞不好是什麼佣人或是在外面一夜情拐的，所以不算在那個難寫族裡的！」

「在說什麼啊！」老媽不耐煩的把炒好的菜遞給我，「別讓你爸聽見，我們就是姓唐，別亂！」

老爸年輕時行差踏錯，偷了一戶唐姓人家的錢，雖說那戶人家也不是好人，但總之那包錢導致一堆人黑吃黑，對方還一家慘死！老爸覺得悲劇是自己造成的，雖然他沒殺人，但大家都是因爲他偷了那包錢而死。

最後老爸爲了贖罪，自願改姓「唐」，繼承那戶人家的香火。

這眞的是好意，但老爸當年也不知道，那唐家的父母非常可怕，生前死後都是狠角色，甚至因爲老爸自願繼承他們家的香火，還想奪走我跟老弟這兩位「乾孫子」的身體以重生。

結果當然是沒成功，老爸也知道了他認的「爸媽」不是好東西，不過他還是堅持繼續姓唐。

「不是啊，媽，老爸那個木盒來頭不小啊，扯了好幾個命案，而且裡面原本裝的東西可麻煩了，是那種神祕家族擁有的！」我簡化說明，「那家族的姓爆炸難寫的，我等等寫給妳看！」

老媽皺著眉，油鍋已熱，轉頭炒下一道菜。

端菜出餐廳時，老爸正溜著我家小小牧回來，依舊一臉樂天，與世無爭！我都還沒上前，老弟率先上去堵住了老爸，想問個詳細。

但這次，老爸很明顯的不想回。

「老爸，我們都知道你的過去了，也沒說要改姓，我們就姓唐嘛！」我也趕緊幫腔，「實在是你偷出來那盒子太不簡單了！」

「哪有什麼不簡單，裡面那東西才貴重啊，我就……我就偷個包裝盒！」老爸顯得非常不耐煩，完全想逃避。

「很不簡單啊！那個家族能會找上我們耶！」老弟開始危言聳聽了，「不是繼承什麼財產喔，搞不好會要我們獻祭之類的！」

「獻什麼祭？」走出來的老媽抓到話尾，「你們又招惹了什麼？」

「NO NO NO，不是我們招惹，是……」老弟突然皺了眉，掩住耳朵，「聽見了嗎？我跟老姐開始聽到奇怪的音樂聲了。」

我望著老弟，有幾秒的沉默，我說真的，我現在啥都沒聽見啊！

「啊！對，好像就是……那個音樂盒裡的聲音！」我趕緊假裝聽得見，老弟要演也不通知一下。

老爸臉色鐵青，不停的說：「不可能不可能！」他拿過毛巾把小小牧擦好腳，狗兒開心的蹦蹦跳跳進門，牠聞到了滿桌的香味，雖然不能吃，但還是難敵誘惑。

老弟回書房拿了張紙，默默寫下那難寫的字，不動聲色的擱到餐桌上。

當老爸要坐下來用餐時，皺著眉看了那張紙一眼，但並沒有什麼激動的神色。

「這什麼字？有夠複雜的。」他認眞的看著，還拿起來試著在空中寫。

「就那個難寫的姓？」老媽湊上前，「哎唷，這寫名字就會吐血吧！」

老爸並不擅長演戲，只是年輕時行差踏錯，但就是個樂天老實人，他對於這個姓氏並不熟悉。

「爨，那個神祕家族的姓。」我也坐了下來，「所以老爸……原來的爸媽，不姓這個。」

「不是！很普通常見的姓氏。」老爸搖了搖頭，重重嘆了口氣，「而且啊，我那爛老爸並不是那個大家族的人，硬要扯的話……」

老爸拿著筷子陷入沉思，像是在想著該怎麼解釋比較好，老媽貼心的爲老爸夾菜，讓他慢慢吃、再慢慢想。

老爸不喜歡提這件事是自然的，畢竟他想堅持自己姓唐，以唐家後代的身分活下來，如果扯到以前，就會讓他想起自己荒唐年少、以及間接害死五條人命的過往。

雖然……當年的命案其實是很有問題的。

清明撞鬼那時，老爸明明見過當年的亡靈，卻始終沒有注意到那些亡靈的死狀，與當年他埋葬他們時截然不同！我跟老弟討論過，老爸掩埋那些人時只有刀傷，可能沒有死透，他們應該是後來又被別人下手殺害了。

「應該是我太爺爺更早之前的事了。」老爸終於能解釋清楚了，「聽說太爺爺的生父才是有錢家族的人，太爺爺的母親是被欺騙感情的，被騙趕離開後才生下太爺爺。」

太爺爺，我跟老弟簡直傻眼，這關係有多遠啊！難怪老爸會說也就一點點點血緣——音樂聲陡然響起，我跟老弟跟著一顫身子，回首瞧著依舊在神桌上那只空木盒。

就這麼稀薄的血緣，有必要找上我們嗎？

難道說，那個音樂盒也喜歡我們兩個人的血？

「你們姓唐，別忘記了。」老爸語重心長的再次交代了，「以前那些長輩的事都不關我們的事，我太爺爺到我這代，中間非常的亂，我都不知道有幾個奶奶，我才說我們根本不是那個家族的人！」

「知道，就姓唐。」我舉起右手，做了個立誓狀。

誰沒事要寫這麼多筆劃啊！

但是，如果對方緊追不捨，我跟老弟也是必須搞清楚事件的始末，我們一不想罰寫、二不想動不動就接受腦海裡自動響起的聲音。

最重要的，我們不想成爲下一個許詩宜。

9.

所以，當三更半夜，我們躡手躡腳的來到神桌前，看那只空盒四目相望時，就是希望它能是個會說話的盒子。

我推了老弟一把：你去！

爲什麼是我？他瞪圓雙眼以示抗議，我還是粗暴的推著他，我上次一碰就嚇得要命，誰曉得等等碰到會不會有更可怕的狀況，要是我失手掉了盒子把老爸老媽他們吵醒了還得了！

老弟猶疑再三，還是鼓足勇氣上前，一把捧過了盒子——沒事！他還有空看我一眼，我立即催他回房間去！

「爲什麼就妳有特別感應？」老弟更不平了，「如果現在連我都聽得到音樂聲，就符合我們可能有一丁點血脈的理由，既然如此——」

「這種就別計較了，尖叫聲加一片血紅，還有音樂聲，你選哪個？」我們雙雙鑽進我的下鋪，老弟把盒子擺在我倆中間。

現在一絲音樂都沒有，我倆面對面盤坐著，預防措施做好後，我做了幾個深呼吸，準備再一次接觸盒子。

「你得看著我喔！」我不安的朝老弟警告著。

「放心。」老弟朝牆邊望去，那兒插著一根薰香，而打火機正在老弟手上轉著。

再試一次。

區區裝著那音樂盒的外殼都能帶給我那樣的震撼，我想那盒子本尊應該更不容小覷了吧！

深吸了一口氣，我只希望不要讓我又附在某人身上去感受過去的一切，尤其如果那個音樂盒是用比喉骨更可怕的東西製作的話，我可敬謝不敏！

來吧，奏樂！

我雙手捧住那空空的外盒，熟悉的音樂旋律果然立刻響起，而且低音鼓聲極爲逼近，甚至連混在裡頭的人聲也變得清晰起來，前幾天初接觸時的尖叫聲沒了，一片腥紅也暫時沒有，我皺著眉聽著聲音越來越近、越來越近，近到彷彿就在我身後——

我回頭，站在高處的我，高舉著手裡的盆，眼前是數十階的台階，台階下的廣場上，跪著密密麻麻的人們，他們又跪又拜，嘴裡唸唸有詞！然後有個身強體壯的男人將我手裡的盆子取走，我瞥了眼，裡頭是正晃動的鮮血。

「第四十七天了。」有個全身以長斗篷裹得嚴實的男人走近，「就剩下兩個人了。」

「無論如何要讓他們都活著。」我低語著，心裡有點浮躁，「不能只有一個人。」

「但是另一個快不行了！能再多餵點水嗎？」

「不行！」我忿怒的怒斥，「一天給多少水是限制的，這是珍貴的祭品，要獻給神的東西怎麼能馬虎！我去看看他們……」

我才走兩步，又回過頭，「把那、個帶著。」

我沒走下那數十階的長梯，而是回首朝著祭壇的後方走去，這裡位在深山上，四周都是崇山峻嶺，模樣與我在夢境裡看過的相當類似，只是這是幾百年前的服裝，非常久遠的過去。

在祭壇前的地面有個法陣，法陣外圈圍滿了數個人，男女老少均有，一樣披戴著斗篷，臉色不甚好看，正在相互包紮手上的傷口，剛剛那一盆子鮮血，恐怕就是他們捐獻的。

離開祭壇約五公尺後，我踏上柔軟的泥土地，沒幾步便是個下坡處，下方有重重人員把守著位於中間的一間茅草屋。

身爲祭司的我德高望重，所有人看見我無不揖拜，緊接守門者便推開了木門……一股惡臭襲來，那是腐爛的氣味，充斥著整間寬大而且毫無家具的屋子。

這哪是屋子啊……圓型的矛草屋裡，「種」著一堆人。

其中有一男一女，胸部以下都埋在地底的土裡，唯有胸部以上的雙手跟頭部可以活動，而他們四周還有數十個與他們一樣種在土裡，但已經斷氣、甚至腐爛的人們！

「今天是第四十七天。」我開了口，「再兩天，你們就能成爲神選之人。」

男人低垂著頭，幾乎毫無反應，僅存一口氣活著而已。

但另一邊的女人卻動了一下，緩緩抬起頭，疲憊的看向我……雙手合十，恭恭敬敬的行了個禮。

「加油。」我激動的看著她，「堅持下去，爲了我們的神、爲了我們整個家族與後代的長治久安！」

女人瘦骨嶙峋，就像只有一層薄皮裹著的枯骨，有氣無力的喊了聲：「勇……」

我手向後伸平，有人立即遞上了一個波浪鼓，我轉了轉握把，那小鼓咚噠咚噠的響著，土裡的女人眼裡都發了光。

「妳只要能成爲神選之人，不說庇佑我們所有人，連阿勇的病也都會好的！」我凝視著女人，「一定要撐到最後！」

女人乾裂的唇擠出笑容，「我會，我一定會……」

我看向奄奄一息的男人，無奈的嘆口氣，「張智，你的孩子跟妻子都依賴著你，你絕對不能認輸！」

男人沒有回應。

「我知道你還活著，就只差一點點，絕對要撐到最後！你們都是自願迎神的人，我們需要兩人以上，一定一定要讓神滿意！」

直到離開前，男人都沒有回應，我非常的焦慮，照這模樣，還能再撐一天嗎？

「如果最後只剩一個的話……」

「那也只能這樣了。」我不甘的緊緊握著拳，「讓大家更努力的祈禱，歌要唱得更大聲，一定要用最虔誠的心，迎接我們的神。」

於是，山裡響起了更嘹亮的歌聲，鼓聲與樂聲，那交雜在中間的談話聲，就是人與人之間討論、期盼，還有祈禱聲，其中最虔誠、最強烈的，就是那個種在土裡的女人。

一瞬間，我脫離了祭司的身體，來到了那些小屋內，沒有在任何人的身上，我就聞不到臭味，但那些在土裡爛掉的人，看得我就是不舒服。

「媽媽在這裡，媽媽會迎神下來，媽媽會讓你痊癒，成爲神選之人。」女人不停的重複著這句話。

我也留意到，屋子裡只剩她一個活人了。

看起來是不吃不喝，只要能活過七七四十九天，就能成爲神選之人……我怎麼看，都覺得這陣仗不像是迎神啊，反而像是迎魔吧！

『救我……』土裡那堆腐爛的屍體，不約而同的轉動頸子，看向了我。

我一陣反胃的逃開，緊接著「咚」的一聲鑼鼓響，我嚇得一激靈，才發現四十九日已到，整個山裡的人都在準備迎接神的降臨，而那唯一活下來的女人也開始洗淨身體。

她的一隻腳已經壞死，以白布層層包裹，坐在轎子上，神聖般由人們扛著行走；我看著忍著疼泡在淨水中的女人，她問了好幾次是否能再見孩子一面？孩子好嗎？

但周遭的人都沒有回答她，只希望她專注儀式，待儀式成功後，自然就能見到孩子。

「腳壞死了？」

祭司的聲音飄了過來，我順著聲音一下就能飄過去。

「對，這樣又少了幾根骨頭可以用了。」近侍語帶惋惜。

「那不一定，肉腐敗了，骨頭沒事就行。」祭司沉穩的說，他已然換上了隆重的衣服，「如果身上其他的骨頭起不了共鳴，到時就剮下她的腿肉，敲擊看看。」

「是。」

「我一定能製造出最好的音樂盒。」祭司走到一旁的桌前，上頭有張攤開的布。

遠遠的看去，那塊布上像是畫了什麼構造圖……音樂盒嗎？這好吊詭啊，幾百年前就能造出現代的音樂盒？還能有設計圖？

「啊——」淒厲的慘叫聲傳來，這聲音就是我第一次接觸到盒子時，聽到的那個慘叫聲！

那個女人雙手被吊在半空中，有個人手裡拿著一根空心管，朝她那瘦骨嶙峋的身上用力擊打著——啪，嗡嗡嗡……啪，嗡嗡——

敲到不同的骨頭上，發出不同的聲響，而整片山裡的奏樂聲不止，她的慘叫與敲擊骨頭的聲音，反而成了美妙的伴奏音。

「啊——呀——」她痛得慘叫著，但祭司只是比劃著手勢，讓壯碩的男人一下再一下的擊打。

直到祭壇上清脆的鈴響聲起，桌上豎著一串銀色的鈴，彷彿與骨頭敲擊音產生共鳴！

「就那裡！」祭司喊著，就有一人上前在女人的脊椎上做下記號。

「爲什麼——爲什麼要這樣對我？」女人嘶吼著，「我是神選之人啊！」

「妳是！妳現在是在迎神啊！忍耐一點！」祭司喊著，手一揮動，又一管子敲了下去。

「阿勇！」女人痛苦的喊著，「媽媽在這裡，爲了你，我什麼苦都願意受！」

嗡——回音不斷，我都搞不清楚那是女人腹腔裡的回音，還是眞的骨頭發出的聲音了。

鈴聲一共響了七次，女人身上做了七個記號，現場的祈禱與音樂聲沒有停過，全部的人齊心的完成這個儀式。

祭司捧著水親手餵女人喝下，她已然奄奄一息，雙腿的肉都被活活剮下，爲的是能準確的聽出敲擊骨頭的聲音。

「我們現在要取出妳的骨頭，製作成迎神的物品。」祭司沒有保留的對女人低語，「然後，神就會降臨——他會讓妳復活的，妳要相信神。」

女人驚恐的看著祭司，淚水滑了下來，「我……我會死？還要取我的骨頭？不不不！我是神選的……」

「是，神要妳成爲他降臨的容器啊！」祭司鼓勵她，「都走到這步了，我們一族的人都繫在妳身上了！」

「我不要！爲什麼——我不要！」女人恐懼至極的尖叫著，「我的孩子，我孩子——」

「他已經死了。」

祭司簡單五個字，讓女人瞬間噤聲。

「妳知道他病得很重，現在唯一的希望，就是迎神，讓神復活他。」祭司緊緊握著她的雙肩，「妳比任何人都虔誠，才能活到現在的！妳該知道，要怎麼向神祈願的。」

女人沒有說話，鼻子的酸楚湧上，支撐她走到這一步的從不是神，而是她的孩子啊！

「啊啊啊啊——————」悽絕悲傷的哭聲響徹雲霄，儘管所有人帶有遲疑，但他們卻沒有中斷任何的歌唱聲。

女人沒有別的選擇，她只能繼續撐下去，爲了救她的孩子。

即使是，活活的取出身上七個骨頭，她也必須忍著不死，因爲唯有不死，才能完成最好的獻祭。

祭司從無礙的骨頭開始取，慘叫聲淒厲得讓祭壇上的鈴也起了共鳴，我幾乎可以確定，這絕對不是神……這麼喜歡慘叫與折磨的，應該是惡魔吧！

咬著竹片的女人眼神已經渙散，我在一旁見證著母愛的偉大，看著她鮮血淋漓，聽著自己被鋸骨的聲音，還能撐下去、繼續祈禱，眞的太堅強了。

突然間，她的眼神聚焦，看向了我。

我以爲，我是個旁觀者的，我左顧右盼，我這虛無的人，應該只是一抹空氣。

「我……祈求的眞的是神嗎？」她突然鬆口，竹片落了下來，「我的孩子眞的……可以……活過來嗎？」

竹片落地，嚇得所有人回神，侍從趕緊上前拾起，祭司也停下了準備取出脊椎骨的動作，來到她身邊。

「妳說什麼?」祭司皺著眉，「專心啊，祈願我族永世的繁榮啊!」

女人眼神沒有一點移動，她是望進我雙眼的：爲什麼?

我隻手按在胸口，比了比自己，結果她居然點了點頭——她看得見我!

竹片塞進她嘴裡，她甩頭又吐了出來，「告訴我!」

「不會!他們只是利用妳做成一個音樂盒，讓他們一族可以永遠富裕繁榮!」

我直覺性的脫口而出，「妳別被他們——」

『閉嘴!』咆哮聲驀地傳來，聲音竟是從我體內炸開的!

一陣劇痛襲來，我只覺得天旋地轉，我被吸入一個漩渦裡，人彷彿被折成一個球，我自己都可以聽見我骨頭折疊的聲音，感受這折骨劇痛，然後咚的一聲——我撞上了牆。

「老姐!」

老弟的聲音傳來，緊接著是額上的溫暖。

老弟正撐著我的頭，揉著我的額角，碎碎唸著：「妳到底在幹嘛?我來不及啊!」

我痛到說不出話來，整個人就往他身體倒去。

「多久……」我虛弱的說著。

「一分鐘。」老弟抱著我，「天哪！妳衣服全濕了。」

「我脊椎斷了，被折成好幾段，然後被丟進一個滾筒洗衣機裡。」我有氣無力的說著，看著床上的木盒，心中又一股難受。

「我點香。」老弟讓我靠著牆稍事休息，他趕緊將香點燃。

美好的香氣頓時飄在空中，很快的舒緩我的心情與痛楚……我用腳踢了踢木盒，已經看不見任何景象了。

「誰折了妳脊椎？」

我深吸了一口氣，提起這個就滿腔怒火，用力搥了我自己的身體一拳，「混帳！你這個被我封住的傢伙，居然敢折磨我！」

『那只是假象！』聲音是直接進我腦子裡的，『妳不該窺探過去的！』

「誰窺探了？我光明正大的去看，你阻止我做什麼？」

結果，惡魔不說話了。

「老姐？」老弟緊張的望著我，「惡魔傷害妳嗎？」

「也不是這麼說，我剛剛——」

我把我剛剛瞧見的東西，全告訴了老弟，關於那個音樂盒的由來，原來沈寞得到的反應不假，他體認到的是活活取出喉骨，而那個音樂盒原型，用的是人骨。

怎麼聽都很變態，雖然我沒看到最後，但至少我猜發音裝置就是用那個女人身上取出的骨頭做的。

「那女人爲什麼看得見妳？」老弟眉頭緊鎖，「妳應該只是透過這個盒子看到曾發生的過往，該是個旁觀者，她怎麼可能看得見妳？還聽得見妳說話？」

「我哪知道！但我旁邊都沒人，她眞的是看著我的！」這點我可以非常肯定。

老弟深吸了一口氣，這的確非常無解，「但妳知道嗎？她看見妳已經很扯了，妳還對她說了那些話，假設她眞的聽見的話——哪有可能心甘情願的祈求那群人一世繁榮？」

但是，現在這個音樂盒，依然是讓難寫家族昌榮的主因啊！難道我眞的是錯覺嗎？那她又是在看著誰？

「而且我說眞的，照妳說的年代，那個時候哪有這麼先進的音樂盒？」老弟自然滿腹疑問，「妳知道世界上第一個音樂盒，是發明於——」

「有圖！有藍圖的，還畫在一塊布上，正經八百的畫著製作過程！」我打斷了他的教學時間，「我看到時就想起這點了，詭異得要死，好像是……外星人傳授給他們知識似的。」

老弟挑了眉，我也知道這一切超不合理。

「那些細節就算了，我們也無能為力，但仔細想想，難寫家族也不是如我們所想的一世繁榮吧？」老弟笑得一臉邪惡，「如果妳已經沒救了，孩子又早就死了，發現身為祭品的自己非常重要，祈禱會很靈驗——那妳最後會許什麼願？」

我看著他，恍然大悟般的揚起笑容。

那慘死的綁架命案，被彼此大卸八塊的綁匪們，還有邵中宇說的：絕對不能打開音樂盒。

那個母親最後的祈願是什麼？才讓那個音樂盒，成了一種詛咒？

10.

我後來不管怎麼碰那個外盒，都沒再能觀賞到續集了，我說眞的這種追劇體驗爆爛的，中斷還尋不到更新，但至少我能好好的碰觸那盒子，並把它收進了背包裡，打算去查查這外盒。

我們之前偶然認識了一位駭客少女，她幫我們查到了一些線索，關於綁架案、關於肉票的有錢父親，還有關於「爨」族人在歷史中的殘跡。

聽說那位陳董爲了讓自己唯一的兒子恢復正常，還搜羅了各種專家與民俗學者，在聽過陳紹強宛如遺言般的錄音，各路法師一致認爲那個音樂盒確實是引起陳紹強變成現在這樣的主因，但無人敢解。

而且，進入陳家的高人們，似乎都沒有再走出來。

駭客少女認爲音樂盒該是被陳董取走了，所以我們只好試著與這位陳董碰碰面，只是我跟老弟才剛走出社區大樓外圍，就看見了好幾台豪車，跟戴墨鏡穿西裝的人們，一臉就是在等我們的樣子，朝著我們走來。

「您好，是唐小姐與唐先生嗎？」一個壯碩的男人上前，遞上了名片，「董事長想邀請兩位去一趟。」

我接過名片，挑了挑眉，老弟旋即抽過，不請自來咧！

陳董，陳紹強的父親。

「找到我們家樓下，是想怎樣？」我倒不客氣的打量起他們，「不去是當街綁我們嗎？」

警衛都看著呢，附近監視器也不少。

「不是，董事長知道兩位在查相關事情，他也有重要線索想跟兩位討論。」對方又上前一步，小聲低語，「關於那個音樂盒……」

「哎呀，早說嘛！」我瞥了眼老弟，老弟即刻旋身將名片遞給了警衛，這也是一種警告，至少大家都知道我們是被邀請去的。

「把名片給我媽，說我們去做客……呃，今天回得來吧？」老弟刻意揚聲問道。

「沒問題的，去去就回。」男人回應著。

警衛疑惑的接過名片，目送著我跟老弟上了豪華座車……這感覺還真不錯，活像電視劇裡的大小姐似的。

車子一路到了豪宅，才下車我們就看得出這棟豪宅非常不祥，老弟悄悄的捏了我一下暗示，連他都覺得心跳加速，雞皮疙瘩竄了全身……跟看著老爸那外盒的感覺太像了！

因爲，那不想熟悉的旋律又響起了。

我們在邀請下進了大廳，在腦海裡的音樂聲更大了，我跟老弟只能佯裝鎮靜，筆直的加速往前走，因爲我們都知道，只怕音樂盒就在這裡了！

「人呢？」穿過兩個大廳，我不耐煩的問著領頭的人，「房子蓋這麼大幹嘛？我該不會得走上個十分鐘才能見到人吧？」

「我以爲邀請客人來的主人，應該要在門口接待吧？」老弟陰陽怪氣起來，在我耳邊說著全世界都聽得見的悄悄話，「看樣子好像還得叫我們去拜見他似的。」

聞言，我戛然止步，剛好看見旁邊有兩張木椅，直接走過去就坐下了。

「咦？」一旁的人看得臉色發青，「那個、那個……」

「這椅子好硬喔，但還行。」又冰又硬的，我吆喝老弟也坐下，「欸，跟我昨晚看到的有點像。」

老弟的手摩娑著下巴，用眼神朝我示意，好像覺得我不該坐；我也知道這不禮貌，但對我來說，現在不禮貌的是這位陳董。

終於，腳步聲由遠而近，帶著威嚴的男人踩著穩健的步伐走來，我這才慢條斯理的起身。

我背包裡開始傳來些微震動，外盒亦蠢蠢欲動。

「唐小姐，唐先生。」陳董望著我們，揚起毫無情感的笑容，「眞抱歉這樣突然把你們請過來。」

「音樂盒在你手上嗎？」我開門見山，駭客少女早幫我們查過了，陳家人比警察更快到命案現場，他們帶走了陳紹強，也抱走了一個盒子。

陳董明顯一怔，但沒有回答我，「兩位在查音樂盒的事，也在查綁匪命案的事，但我查過兩位……跟這些事情並沒有關係，能知道爲什麼嗎？」

「不能，因爲我們爲什麼要查這件事情，也跟您沒有關係。」老弟禮貌的接口，「可是這件事情，跟令郎倒是有不小的關係對吧——陳紹強現在還好嗎？」

陳董的臉色立即拉垮，即使表面佯裝鎮定，但扯到自己孩子，爲人父者亦再難平靜。

他沒有再多做掙扎，嘆了口氣，禮貌的轉身，「請跟我來。」

我們沒有遲疑的跟著他走，素不相識，陳董沒必要害我們，對他來說，他那個遲遲不交給警方的「肉票受害者」，才是關鍵。

「我眞的沒有想到，那個盒子會這麼可怕……」

陳董幽幽的說了他們家與音樂盒的事情。

從他討厭那個叫筱蕙的女孩開始，再到找男公關去誘惑她，好讓寶貝兒子看清女孩的眞面目，結果男公關卻選在望門豪族的寬大墓厝裡與那個筱蕙一夜雲雨，這都算了，偏偏那個手腳不乾淨的女孩，竟偷走了墓穴裡的東西！

「該不會就是那個音樂盒吧？」老弟自然的接口，「我對在人家墓厝裡上演愛情動作片比較佩服一點……」

「心有夠大的！」雖然很不適宜，但我也聚焦在這點上了，勇猛啊！

陳董顯然跟我們不一樣，他明顯不高興的回頭瞪了我們一眼，欲言又止，最後還是把不滿的話嚥了回去。

後來他兒子跟朋友又剛好跑去同處看夜景，結果卻被一票不知名人士綁架，最後便是駭人的命案現場，以及陳紹強最後的留言。

「……爸，對不起，我早該知道她是這樣的女人。我更不應該去碰那個音樂盒，我知道我錯了，但是……現在也來不及了……」

陳董放出一段錄音，哭泣哽咽裡還帶著恐懼。

「這是紹強最後留給我的訊息！」陳董嘆了口氣，「我找到他時，他已經完全瘋狂了，我只能把他帶回來！我找了很多高人，都說是那個音樂盒的問題，但要怎麼解決，卻沒有人知道。」

「可以再放一次錄音嗎？」老弟提出了要求。

是的，我也想再聽一次，因爲那段錄音背後，有著大量的雜音啊！

陳董很狐疑，但還是又放了一次、再一次，最後在我們的要求上，挪到音響上去播放出來。

陳紹強的哭泣聲後，有個熟悉的旋律，而且那是來自於音樂盒的聲音，還有窸窸窣窣的說話聲，像是女人的聲音。

「他打開音樂盒了嗎？」我轉向陳董。

「不知道，我們抵達時音樂盒是關著的，不過我請的法師們認爲，那個音樂盒是邪物，或許找人開啓後，能讓裡頭的怨念移轉，好讓我兒子清醒。」陳董頓了幾秒，眼神深沉，「但是這方法可能不是那麼有效。」

「最好是能這麼簡單。」我也不認同，「我們聽說音樂盒是絕對不能開的。」

陳董喔了聲，冰冷的朝遠方看去，「是嗎？等等問問劉法師吧！」

劉法師又是哪位？還沒發出疑問，陳董再度領著我們朝裡走去，又穿過了長長的走廊，我眞的是越走越不耐煩，最終來到了一個位於最角落的房間，上頭還寫著「接待室」。

血腥味如此濃厚，距離遙遠，我都能看見一雙雙殘破的手在門的那邊掙扎著想出來。

門是半掩著的，有幾個穿著防護服的人抬著擔架走了出來，裹屍袋裡的屍體一眼就看得出不是全屍，因爲那不具人型，還是裝成一陀置於擔架上方的。

我跟老弟第一時間就退到一邊，看著那陀東西被運出去，接著另一位下屬面色凝重的上前，對著陳董就是搖頭。

「剛用了兩倍的鎮定劑，少爺才平緩下來。」

陳董點了點頭，回身看向我們，「看來劉法師的辦法不奏效，什麼都沒有改變。」

剛剛那袋東西是劉法師嗎？這算是什麼下馬威？

「我剛說過音樂盒不能開了，我們姐弟不會進去的。」我把話說在前頭，但威力很弱，因爲我們已經走到了房子深處，要逃也不知道往哪裡去。

「我不會傷害你們的，我只是想要救回我兒子。」陳董語重心長，「你們剛剛聽了那麼多次錄音，是不是聽出了什麼？」

能說嗎？我戒心十足，因爲這個陳董怎麼看都不是好東西，只是爲了要兒子跟女友分手，連男公關都能請，最後爲了救兒子，連請來的法師都能送進去……

「是，我們就是因爲有聽到什麼，才會調查那個音樂盒，事實上我們可能跟那個音樂盒有點關係。」老弟突然一骨碌全說了，「就像您說的，我們的目的都只有一個：擺脫這個盒子對吧？」

我吃驚的看向他，但是老弟現在就是一副優等高材生的模樣，睿智的眼神、從容的態度，面對這擁有權勢的長者不驚不懼——老弟出手了。

「是。」陳董斬釘截鐵。

「我們想先知道劉法師是怎麼死的？您讓他去開音樂盒嗎？」老弟嚴肅的問。

「不，我讓他跟紹強見面，然後用他自己建議的方式破解。」陳董一抬手，手下立即拿著平板過來。

老弟接過監視器錄影畫面，畫面裡有個非常怪異的男人，面目猙獰，五官極度扭曲，脖子的角度折到遠超於扭斷的程度，但他就是活著！體型肥碩的劉法師一進去就唸咒撒符，緊接著衝到黑暗的角落，隱約能看到有個盒子在那兒，他在盒子四周唸咒，然後……

那個頸子扭曲的男子從後面就撲上去了。

簡直力大無窮，他是從劉法師身後撲上，徒手穿進了劉法師的後背，活生生抽出了他的脊椎骨。

我嚇得閉上雙眼，有夠噁心的，後面的分屍拆解全部徒手進行，但我想起那個被吊起來的「神選之女」，想起空心管在她骨頭上敲出的聲響……這簡直是另一種重演。

影片裡的陳紹強渾身是血，卻以狂喜之姿，一段一段的卸下、撕開劉法師的屍體，折斷他帶進去的桃木劍，頗有種嘲弄的意味兒。

老弟也忍下反胃的情緒，我們把平板交回，兩人逕自到角落裡細語。

「不許進去，我知道你在想什麼，不行。」我率先出聲警告，「交代過了，第一大忌是打開音樂盒。」

「但這樣下去不是辦法，陳紹強無法恢復的，他一定是被音樂盒裡的念纏住了。」老弟也嚴肅以對，「音樂盒現在失去供養，什麼時候失控我們都不知道！」

「問我我也不會啊，我們根本不懂那個家族的事！」我激動的提高了分貝，「解鈴還須繫鈴人，要也是要他們家族的人解決！」

「問題是他們家族的人根本不知道音樂盒的下落吧！」

「哪個家族？」

陳董低沉威嚴的低吼聲傳來，打斷了我跟老弟的討論。

我們慌張的同時看向陳董，我緊張的掐著老弟的手臂，他卻只是深吸了一口氣，扶正眼鏡，輕輕的撥開我的手。

「我們查到有個地方，應該知道這音樂盒的來源，而且這盒子還是他們的東西，說不定正發狂的尋找盒子，我一直覺得那裡可以救回你兒子，也能讓我跟我姐擺脫掉煩人的音樂聲。」

「請說。」

「但我們需要陳董完美的配合，這家族隱藏這麼久，所有綁匪都找不到身分就能明白，他們是刻意藏著的，除非——」

「在保證我兒子無事前，我不會把音樂盒交給你們的。」陳董突地截斷了話語，也把話說在前頭。

「對！我們可沒要拿音樂盒，那是我們的籌碼，要是被拿走我們就完了，會失去談判的本錢！」老弟瞄向了我，「萬一像那個誰一樣就糟了！」

「哦，許詩宜，幾年前因為母親的事想去搞清楚，結果卻直接人間蒸發的女孩。」

陳董瞪圓雙眼，他明顯知道許詩宜是誰，畢竟她是綁匪中唯一一個能查到身分的人。

「所以你們想怎麼做？」

老弟再度望向了我，我無奈的嘆口氣，卸下了背包，小心翼翼把裡頭的盒子拿了出來。

「我們先打頭陣，至少要能跟那家族的人對話，很不幸的——我們的父親早年意外撿到了這個。」

我將外盒抱著，刻意把刻紋那面向著陳董，從他的神情我就能知道，這紋路與音樂盒是一樣的。

「這是……音樂盒有兩個？」陳董驚恐的後退，在場所有人員都蒼白的意圖逃避。

「不是！這應該是裝著音樂盒的外盒。」我立即自在的打開盒子，「沒事的！但我跟我老弟卻被那音樂困擾著。」

陳董終於趨前，他不敢碰外盒，但緊蹙著眉心打量紋路，倒吸了一口涼氣。

「你們說的那個家族，究竟是誰？查不到嗎？」

「爨，如果可以的話，我們倒也希望陳董幫忙查查。」老弟沉穩的說，「然後我們還需要……」

11.

我騎著重機在山路馳騁，後座的老弟緊緊抱著我，非常有默契的陪我壓彎，我就喜歡這種速度感，我的重機可是我的寶貝，騎著它上山下海會有莫名的滿足。

終於，來到了邵中宇說的地方。

「那條吧！」停在下方時，老弟指了右邊一條看起來非常不宜人走的地方。在主幹道旁，有條特別的小路，根本無人會在意，荒僻且陡峭，蜿蜒在山壁邊！其危險不在於罕有人煙或是彎曲，而是在我眼中，順著整條小路往上看，是被黑氣包裹的陰邪。

「你看到的是……」我轉頭微向後。

「邪氣滿滿，幾乎都看不到路，土裡還滲著血。」老弟回答得很精準，「妳看那山壁上，還嵌著一雙眼睛在看我們。」

「也不是每次都需要說得那麼清楚……」我翻了個白眼，謝謝喔，我都不想看那麼仔細！「走了！」

我唰地拉下護目鏡，伏身抓緊握把，老弟立即抱緊我，這再陡峭，重機要騎上去根本輕而易舉！

荒廢又彎曲，路上還沒什麼照明，而且越騎越詭異，不過我倒是沒什麼猶豫，邵中宇說過了，一開始眞的很怪，騎到後來只會覺得越荒涼，但最後會豁然開朗的！

果然騎沒多久，陡峭的小路突然變得平坦，再一個彎道過後，突然看見自己不但在制高點，地面銀河已經星星點點的映入眼簾了！

兩座山谷夾著市區的燈火，燈河蜿蜒流動，甚比一望無際的燈海景象更來得吸引人！

「哇，眞特別！」連老弟都不由得讚嘆，拿出手機拍了兩張，「這麼棒的地方很少人來，原來是因爲私人土地！」

「你怎麼知道？」我停下機車，主動走了下來。

老弟無奈的看著我，「剛剛路上有塊很大的牌子！」

「我騎車要專心看路，看不見牌子。」我沒脫手套，只是嫌吵的開始張望四周。

我們腦海裡的音樂聲，越來越大了。

終於，前方往上瞧，有一間平房，我知道那是什麼，就是有錢人家的墳墓！一大間墓厝！我們之前掃墓時有遇過，特大的還讓我們能遮個雨！這種就是間小平房，裡頭會有許多牌位、甚至有陪葬品，空間大小大概與有錢程度成正比。

離那間小平房越近，音樂聲就越大，直到我們來到平房門口的那瞬間，音樂聲戛然而止。

我不想往四周張望，因爲我知道旁邊有多少東西在盯著我們，距離很遠，但他們都恐懼著不敢靠近。

墓厝的門上著鎖，但這種對我來說根本小菜一碟，撿個磚頭過來，我沒幾下就敲爛了鎖，直接走進去。

可怕的氣味直襲而來，陰暗沉悶還帶著腐敗，雖說這墓厝裡並沒有放任何屍體，擺的是歷代祖先的牌位、名貴陪葬物、香爐等等，但死亡的味道卻如此明顯。

「能在這裡打炮還是很強，是多餓啊？」老弟在裡頭走了一圈，由衷佩服。

「章警官說那個男公關也已經消失了。」我來到一張桌椅邊，輕輕摸摸，雖沾上許多灰塵，但我對其也是有印象的，「這是祭司房裡的。」

老弟瞥了眼，「別坐，太久了可能會腐朽。」

墓厝以房子來說不算大，但再往後面還有一個小空間，門也更矮更小，邪氣重到如果是正常人應該都不會進去，黑氣瀰漫到都已經看不見門的顏色了！

「我不入地獄誰入地獄。」我喃喃唸著，推開了門。

「終有人該入，但不會是我們。」老弟輕聲的在我耳邊說著，與我一同用力將門給推開。

狹小的室內只有一張桌子，桌子上什麼都沒有，但從灰塵的痕跡可以清楚的看到，那兒原本放著一個木盒。

我從背包裡取出了家裡的盒子，在那塊方型印記上比劃著，老爸的盒子果然只是外盒，大得許多，大小完全不合適。身邊的老弟伸手一抹，那堆積厚重的灰塵下，刻有一行密密麻麻的符文。

我喉頭緊窒，伸手向著老弟，他立即握了上來。

「那個女孩打開盒子時，應該沒看到下面這行吧？」我無奈的問。

「她會看得懂嗎？不，就算看得懂，也不會理的。」

貪念，果然永遠是個原罪。

屋外傳來了聲響，我跟老弟緊緊握著彼此，前額互貼，雖然我們平時很愛打鬧，但姐弟間的默契是誰都擋不了的。

當裡間的門被打開時，我捧著盒子，一派輕鬆的靠著那張木桌，而老弟則在我身邊兩步，微笑的迎接著進來的陌生人們。

「喲，難寫家族的人！」我懶洋洋的打著招呼。

這群人身著黑衣，不是黑衣西裝的黑衣，是非常舊式的黑式長馬掛，他們狐疑的打量著我們，視線落在我手上的盒子時，眼神閃過奇異的光彩。

「這是我們老爸小時候從你們那邊偷的。」老弟代表發言，「前陣子我們整理家裡時翻出來，然後……」

「就有吵死人的音樂在腦子裡響個不停。」我接口，得到一片吃驚的讚嘆聲。

在場數人即刻緊張的交頭接耳的低語，接著後方一位長者走了出來，看得出來其德高望重，所有人都爲他讓出一條路。

「你們難道是……那個雜種的孩子？」老人帶著嫌惡般的打量著我們。

「想打架嗎？」我不爽的回嗆，「你全家才雜種！」

老弟嘖了一聲，回頭睨了我一眼，「抱歉，我姐個性比較衝動，但我父親記憶也不深了，他只記得當年有一群狗，狗眼看人低，讓他氣得跑去偷走重要的東西，但最後膽子小，只敢偷走外盒。」

我笑了起來，老弟又這樣了，恭敬有禮的損人。

眼前的人倒沒有太不爽，他們對於我們的身分看起來更爲重視，低語著什麼不好、不應該，但老者又說現在沒有人了，況且他們聽見音樂了啊！

「你們眞的聽見了？」

「聽到爛！煩死了！我這音痴都會背了！」我跟老弟交換眼神，兩人一秒哼起了那首旋律。

哼完老弟又瞥我一眼，「妳錯了兩個音，都聽到爛了還哼不齊。」

「我就音痴啊！」我抱怨著，抬腳踹了他一下。

「都聽得見，那就是了！」老人搖著頭，「這不是我們能置喙的，他們是被選中的人，但……我們的盒子……」

看那沮喪的模樣，他們果然在找盒子。

「在這裡。」老弟再次比向了我手裡捧著的盒子，「我們找到了。」

咦？

剛剛質疑的眼神，在瞬間變成了一種崇拜，我們姐弟倆一秒變救世主般，看著他們都快跪下了。

「別別！我們是不得已的，因爲不想再聽見這聲音，想問一下這盒子跟我們什麼關係？找我們做什麼？」老弟趕緊阻止他們的曲膝，「而且我們也想知道……爨家是？」

「你們爲什麼——」老者詫異非常，「居然能知道家族姓？」

「夢到的。」老弟攤手，又在睜著眼睛說瞎話，「聽到音樂後我們就一直做夢，夢到山裡的村落，夢到旗子上寫的『爨』這個字……」

長者們又驚又喜，我刻意捧著盒子接近他們，一副要把盒子塞給他們的樣子，結果卻得到驚恐退卻的神情。

「不不，請您拿著，盒子是您找回的，也是它選中的妳！」長老簡直畢恭畢敬……或是恐懼至極？「請您親自放回原位。」

「原位？」我回眸，「就這張桌子？」

眾人點了頭，我將盒子好整以暇的放上了原本的位置。

「這樣就沒我們的事了吧？聲音會停止嗎？」老弟客氣的詢問。

「還不行，還有儀式要進行，而且你們是被選中的人，必須跟我們回去一趟。」

「我明天要上班。」我一臉婉拒。

「我明天有課。」老弟也顯得困擾。

「放心，只是進行一個簡單的儀式，」長者露出慈祥的微笑，「我們會親自送你們回家的。」

我跟老弟拿出手機想要報個平安，毫無意外的，手機沒有訊號。

許詩宜就是自此之後失蹤的。

我們被邀上了車，還煞有其事的說了門禁時間，表示家裡很嚴的，一過門禁回去會很慘，長老們也只是說沒問題，時間尚早，一定來得及。

我想著，當年許詩宜上車時，是不是也曾這樣被拐騙？

車子一路往更深的山裡駛去，眼前看似無路，但仔細一瞧便能發現隱藏在長草與樹後的小路。最後經過蜿蜒長道，車子終於停在一座木製的大門前，而一旁高牆圍繞，一如夢境裡的模樣。

在車上，老弟將我們所遇跟調查的事情概略提了一下，也說了從陳董那邊取回音樂盒的事，同時詢問如何幫助開啓音樂盒的人恢復正常，但得到的答案是不可能。

這不意外，頸子都扭成那樣，照常理說他根本不該活著。

下車後，木門往左右兩邊敞開，裡頭的正是夢境裡的小村莊，數百年來幾乎沒有多大變化；裡面有許多矮房，還有田地、花園、菜園、雜貨店等，幾乎不用出去就能在裡面生活著。

土地平曠，屋舍儼然。有良田美池桑竹之屬。阡陌交通，雞犬相聞。其中往來種作，男女衣著，悉如外人。黃髮垂髫，並怡然自樂。

這簡直是桃花源吧！呃……扣掉土地平曠那部分，這裡處處是上坡路啊！

我與老弟握緊了手，肯定的點頭，一同踏過了那道門檻。

「我們歷代都在這裡生活，與音樂盒相安無事，我們都知道裡面的東西惹不起，也知道哪些禁忌不能犯。」

我沒提起我看見那個眼與嘴縫起來的怪物，感覺這裡人似乎都沒見過，而且畢竟代代相傳的禁忌之一：音樂盒絕對不能打開，所以根本沒人會嘗試，這次的意外，來自於外界的人。

「那個音樂盒既然這麼重要，你們怎麼會把它擺在外面呢？」我費解的問，「桌上那個咒語又是用來做什麼的？」

「那是用來鎮住音樂盒裡的……東西，但不是阻止它出來，只是讓它無法傷害我們罷了。」長老之一幽幽的說了「餵血」的事。

畏懼保佑昌盛的守護神？這其中可真有深意。

邵中宇概略說過，但只限於「餵血給盒子」而已，畢竟後面的事……許詩宜也沒機會說明了。

「我們的先祖祭司曾請神降臨，保家族繁盛、不受欺凌、生意不敗，而且也不能傷害族人，但條件是必須定時餵血。」另一位女性長老解釋著，同時示意我們小心足下，要右轉了，「數百年來我們都用血餵養，所以它認得我們族人的血，也喜歡血的味道……只是我們沒想到，它會找到你們，這麼稀薄的血脈。」

「呵……」老弟失聲而笑，「你們一定不知道，全世界比鑑識人員更在意DNA的是什麼人。」

長老們非常困惑，「是？」

我輕擊了老弟一下，還不到破梗的時候，「喂，別說得好像我們得加入餵血的行列是的！剛剛說我們是什麼來著？」

「雜種。」老弟最會哪壺不開提哪壺了。

「喔不不，既然你們已經聽見了音樂，它也去找你們了，就表示承認你們的血脈，我們是斷不敢否認的。」長老們突然變得恭敬，恭敬到我覺得很虛偽。

「我可以知道我們的血脈到底稀薄到什麼地步嗎？」我們邊說著，已經被領到一間獨棟的房子去了。

「非常的遠……你們已經是好幾代稀釋了，第一代就不純，是外面的女人意外懷孕生下的，但後來其子嗣都與我們家族無關，一直是在外面生活結親，直到你們的父親，已經是第五代，再到你們便是……」

第六代，整整六代都是屬於家族外的人，難怪會說血脈稀薄了！這樣親奶奶還敢來這裡要錢，也蠻厲害的。

「現在是眞的沒辦法，我們的餵血人一夕之間折損太多，接替者不足，我想，這是盒子找上你們的原因吧。」長老領我們到屋子前，「兩位雖是姐弟，但必須分開住，裡面會有所有生活物品，而妳現在是唯一的女性，至關重要。」

「我是唯一的女性？」我一陣錯愕。

「沒錯，它每次都只會選一個女生。」他們肯定的說著。

我瞇起眼，想起了許詩宜。

「之前在這裡的許詩宜，也是唯一的餵血女性嗎？噢，你們剛剛提到大量折損，難道那群綁匪，全部都是餵血者？」

現場瞬間陷入一陣沉默，從長老到裡面的人臉色都相當難看，還帶著一種悲淒般的點點頭。

「是，因爲餵血人與盒子是連結的，他們才能感受到盒子的動態……我們只是想找回盒子，卻沒想到——」

有人打開了盒子。

「屍檢報告顯示，許詩宜已經有孕了，她在這裡有男友了嗎？」老弟趁機詢問，「我老姐已經有男友了，別搞什麼通婚……」

「不！不會的！」一個男人連忙說道，「我們從不強迫，詩宜是自願留下的，她後來與同是餵血人的丈夫認識、相戀後，他們已經結婚了，至於孩子……那個孩子……」

又是一陣長嘆，現場悲傷得好像詩宜是個非常非常重要的人。

「都是餵血人的話，那也已經……不在了吧？」我想起全軍覆沒的綁匪。

現場沉默的點頭，看來的確損失慘重。

老弟想要帶走許詩宜更多的訊息，可惜問再多什麼都得不到回答，接著我們便被要求入內休息，老弟就住我隔壁棟，距離倒是不遠。

獨棟的房子裡正如這群人所說，乾淨整潔而且生活用品無一缺乏，其實相當舒適，而且我一個人有超大的房間，跟家裡那個跟老弟擠雙層床的房間比起來，眞是太爽了。

我沒急著報平安，事實上出發前已經跟老媽老爸說過，要出去辦事幾天，可能暫時無法聯繫，老媽冷著一張臉叫我們最好不要再受傷，但也沒阻止我們。

單就許詩宜一進墓厝就失蹤的前例就知道，這裡絕對是與外界斷聯的，沒有任何網路、也沒有電視，枯燥乏味到令人法指。

「呼叫呼叫，我這樣會斷簽耶，不能領每日禮包了。」

「收到，那有什麼辦法！我還在練功咧！」

嗯哼，手機不能通訊，但無線電可以啊！我跟老弟一人一個，早有準備。

「我跟你說我床爆大，是家裡的兩倍，還不必擠。」

「我不必爬上去睡覺好嗎？爽得很！」

我小心翼翼的走到門口，試著開門……嗯，被鎖上了。

「喂，你們是不是鎖上了？」

幾秒後，對講機那頭傳來肯定的答覆。

許詩宜或許也曾無聊又心慌，想出去門卻被鎖上，但是最後是什麼原因讓她選擇留下來？甚至還走向結婚生子？而且完全沒跟家裡聯繫？

就只能繼續走一樣的歷程才會知道了吧！

「我等等洗洗就要睡了，防護做好啊你。」我警告著老弟。

「瞭解。」

雖然完全不能放鬆，但我還是得在這間屋子裡休息，不挺到儀式根本無法知道更深的內幕。

角落裡燃著的香我一進屋就滅了，但再怎樣也扛不住睡意，不知道什麼時候，我居然沉沉的睡著了。

這一睡著，再睜眼時我就知道大事不妙了。

我發現我穿著全身黑衣，與幾個人圍著一張桌站著，就在那小間的墓厝裡，木桌上放著是我稍早擺的外盒，外頭高掛一輪明月，大得像假的一般，照亮了整間墓厝，黑暗的角落裡此時突然又走出一個人，是老弟。

他的眼神有點迷離，茫然的也站到桌邊一同圍繞木桌的人們看著我們，其中一人將手放在木盒上頭，右手不知道哪兒拿出的刀，就朝自己的手腕劃下，一絲猶豫也無！

鮮血如注，流上了木盒，外盒是空心的，所以血直接往裡流了進去……啊咧，會不會被識破啊？

他們輪流割著腕，乾淨俐落的，到底哪種神會要人餵血啦？第二個人割完後將刀子遞給我，我望著刀子，直接大步的後退。

其他人面露驚恐，伸直刀子遞給我，簡直是爭先恐後般的想要我割腕。

我瞥了老弟一眼，轉身朝著那小門奔出，再一路奔出了墓厝——熟悉的荒煙蔓草，但沒有那條細小的碎石路，也瞧不見燈海夜景，只有被長草包圍的墓厝，還有那輪掛在夜空中的月亮。

以及，那個舞動著四肢的怪物。

它距我應該有十公尺遠，一樣不正常的高大，白色的臉龐上依舊帶著血，縫合的嘴比上次撐大了些，細小的雙眼瞠目，帶著再遠我都能嗅到的怒氣。

它蛇形移動的朝我疾速逼近，人都還沒到，那過長的手已經來到了我面前！在夢裡的我，應該可以自由移動對吧？我想著如何輕易閃躲，但是我才想抬腳，卻發現有人緊緊抓著我的腳，叫我動彈不得！低首一瞧，無數雙從土裡竄出的手纏著我，接著一顆顆頭從土裡冒了出來。

『血……妳的血！』

『血！快給它血！』

『它要血啊！』

聲音有男有女，腐爛的頭顱瘋狂的吶喊著，耳邊再度響起那音樂盒的旋律，我慌張的掙扎著，那雙腳就是被緊緊箍住，一吋都移不開，然後——我的手猛然被人抓住，我倏地抬頭，那怪物的臉已經在我鼻尖。

那枯瘦過長的手骨抓著我的右手腕，另一隻手拿著刀子，塞進我的左手裡。

獻血吧，它沒說話，但湊近我的雙眼裡透著威脅凶惡的紅光。

我以為我會掙扎的，可是我瞬間失去了反抗的氣力，我腦袋一片嗡嗡聲，似乎只剩下那首音樂不停輪迴播放；怪物鬆開了我雙手，我左手握著刀，打從心底覺得：我應該要割腕，我現在必須要將血獻給它，這是理所當然的。

理所當——**嗶嗶嗶嗶嗶嗶嗶嗶！**咚——咚——咚！

「唐恩羽！」

刺耳的聲音進入了我腦中的音樂，接著是熟悉的吶喊聲，我循著聲音回頭，看見站在那墓厝前的高瘦身影，老弟望著我，舉起的右拳比劃了個按下開關的姿勢，眨眼間一陣刺痛漫延我全身！

「哇啊！」

我全身抽搐，疼得跳開眼皮，整個人摔下了床榻，痛得完全清醒！

「馬的——我醒了！我醒了！唐玄霖！」我拼命的狂吼著，那流竄我全身的電流才終告停止。

「醒了沒？活著的話出聲！」

床邊的對講機傳來聲響，而我正趴在地上，上氣不接下氣的喘著……痛、痛死了！我起不了身，只能翻個身看向天花板，有氣無力的調整氣息。

鬧鐘聲未停，我吃力的攀上床，狼狽的爬了回去，這才把兩個鬧鐘都給關掉，我設置了兩個鬧鐘，邵中宇提過許詩宜在聽到音樂後就夢見怪物與其母親，怨過他沒叫醒她，所以我們詢問了大概時間。

兩個鬧鐘輪流響，睡不好也沒差，被吵醒最多是起來關鬧鐘，要擔心的是連鬧鐘都吵不起來時……我疲憊的揭開衣服，我跟老弟很自虐的在身上黏了強力電擊貼片，開關在對方手上，叫不醒的話，就只能用電的了！

「混帳，你是電了我多久啊？」我終於抓過對講機。

『兩分鐘，妳都不醒有什麼辦法！』老弟訕訕的說，「我一秒就醒了。」

「你是定時的……」我吁了一大口氣，算了！老弟都自願定時被電了，我實在也沒什麼好說的。

外頭傳來了不少騷動，我們倒是不意外，畢竟我們搞出這麼大的動靜，他們不會不知道；我們只有抓緊時間交換情報，我們確實做了同樣的夢，老弟就是在他的位置，還沒輪到他割腕我就衝出去了，他則盡力保持清醒，但是──他覺得如果把刀子遞給他，他也會割。

那是種很難形容的感覺，就會覺得：我該貢獻，我該崇敬它。

這種情感在我被電醒後消失殆盡，但老弟卻還有殘留情感，我快速的訓斥洗腦，有點訝異這種情感的影響，也只是做了一個夢而已啊！許詩宜當年是不是也是這樣，所以留下來了？

畢竟長老們說：她是「自願」留下來的！

「小姐！」門外傳來了呼喚聲，「請問發生什麼事了嗎？」

我火速把對講機關掉，藏進了被子裡，「沒什麼事，我做了惡夢。」

屋外沉默，但人沒離開，甚至，更多細碎的腳步聲前來。

「請您不要反抗，這是必經的儀式，盒子找您是有用意的！」

我下了床，就站在門的另一頭，冷不防的試圖拉開門，卻只有叩隆叩隆的回音，刻意讓他們知道，老娘知道他們鎖門。

「把我反鎖也是儀式之一嗎？你們在囚禁我？」

「不……這是因爲……」來人語塞，支吾半天找不出個理由。

咳！低沉的咳嗽聲傳來，我拖過椅子，距門口兩公尺遠，跳上去直接坐在椅背上。

「這是爲了妳的安全著想，妳不熟悉我們住的地方，儀式之前不能有差錯，就怕你們亂跑，受傷就不好了。」果然是長老的聲音，「但現在……似乎得請你們把帶來的東西交出來了。」

接著，門外傳來開鎖音。

我才被電完，正全身酸痛，沒有心情跟他們反抗。

門被推開，率先進來的是彪形大漢，他們一進門便愣住，因為我就端坐在門口，翹著腳望著他們。

屋外的人很多，長老們神色嚴肅的在外圍，因為我坐得高，還能瞧見他們身邊有幾個面熟的人……噢噢，剛剛在夢裡見過。

闖進來的人拿走了我假的備用手機、被子裡的無線電，目光落在我左手腕上的運動手錶，但我的姿態並不容他們靠近我。

「我們沒獻血，想必他們已經告訴你了。」我指向長老身後的人們，「我說過我對獻血沒興趣。」

長老強忍著情緒，胸膛起伏，做著深呼吸。

「第一次有人能面對盒子卻沒有貢獻，果然是血脈稀薄的原因嗎？」長老們跨步而入。

在長老身後的獻血者手腕上有著全新的繃帶，還滲出些微紅血，看起來夢裡的割腕會反應在現實生活裡啊。

「當年請神降臨的祭司一族血脈是誰？」我直接問向長老。

此話一出，全場譁然，每個人紛紛露出驚慌又氣忿的神色，連長老們也都繃緊神經，不可思議的看向我。

「為什麼妳會知道——那些叛徒的事？我們不需要他們！」長老氣急敗壞的低吼，「我們只需要獻血者！」

喔喔，Surprise！

千辛萬苦請這個音樂盒降臨，庇護全族，然後那位祭司人跑了？這未免太奇怪了吧！犧牲這麼多條人命，還殘忍的取出活人骨頭製成音樂盒，要的不就是實現願望嗎？

「放開我！喂——這太不講武德了吧！」

老弟的聲音突然傳進來，我愣愣的越過門口，看見被架著的老弟掙扎著被拖過來。

「想用我弟威脅我嗎？」我攥緊拳頭，這群人有沒有稍微打聽一下我以前是做什麼的？

「希望妳能正視妳的身分！與在這個家族裡的職責！」長老厲聲一喝，聲若洪鐘，「每個人在世上，都有其該盡的責任！」

「你幾小時前才說我們是雜種的……哎唷！」老弟在後方涼涼的說著，結果架著他的人不客氣的踢向他的膝蓋後方，逼他曲膝下跪，「拿我要脅是沒有用的，我們知道的比你們更多！」

「知道什麼？」女性長老緊張的回頭看向老弟，「你們跟我們毫無關係，怎麼可能會知道這些——」

「如果是庇蔭家族的守護神，你們犯得著防範成這樣嗎？當年是哪裡出了錯？請來的神錯了？還是祭司錯了？或者是——」我即刻接口，「那個被製作成音樂盒的祭品，強大的祈願跟你們想的不一樣？」

一眾加起來數百歲的長老，臉上紛紛浮現了驚恐神色，一旁年輕一輩的人眼裡只有困惑，他們當然不會知道這數百年間背後的詳情。

「被製作成……音樂盒？」年輕大漢低喃著，「用人做的？」

「是啊，用人骨做的，活生生的……」老弟在後頭補充說明。

「閉嘴！」一眾人怒氣衝衝的回頭讓他閉嘴——機會來了！

我一躍而下，回首抓起椅子朝就近的彪形大漢砸去，在我面前的年輕人們根本來不及反應，我就著縫隙直接往門外衝了出去。

我之前就從房間折了段掃把柄，撞開老人家後，直接拿棍子朝架著老弟的男人肚子捅去，他悶哼一聲跪地，同時也鬆開了手！

「往哪兒走？」老弟喊著，一邊把周遭的東西弄倒往後推，增加點阻礙。

「正中央的廣場！我得再往上爬！」

老弟用力握了我的手，推了我一把。

我靈巧的踏上階梯，這是個依山建築的村落，處處是階梯，不過就我這種前格鬥員來說，根本小菜一碟！

身後的追逐聲越來越近，而且整個村落的燈都亮了起來，現在是午夜一點，但所有人都湧了出來，他們從四面八方奔出圍堵我，每個路口都能見著人，男女老幼均有，但都是普通人。

穿著黑色緊身裝束的是經過訓練的人，他們壯碩且孔武有力，但也只是比較級而已！

我拿著掃把柄衝向他們，瞬間彎低身子往他們腳盤掃去，順道飛踢了就近的男人，他們再怎麼鍛練，也只是在這個封閉的村落裡厲害而已，沒有接觸外界，根本沒辦法跟我比！

我三步併作兩步的衝上記憶中最後的祭壇，那個女人被吊起的地方！當我衝上去時，當年吊著她的木架已經消失，但是那個祭壇仍在！

『妳來了……』

咦？我才踏上石板子地，就聽見了幽遠的聲音。

這是塊非常寬敞的方型廣場，地面都是大石塊鋪設而成，夢裡的祭壇物品都已不同，但中間那大理石祭桌仍舊在那兒，只是被歲月蝕去了點厚度，以桌子爲中心的地面我不敢踏上，我記得那裡是有法陣的，那個讓我打從心底發毛的陣。

但是現在我的腳下也不簡單，鮮血汩汩的從石縫中流出，開始灌滿每一個塊縫隙，細小的血河橫向豎向的到處流動，我腳下大地震動，我竟一陣暈眩，整個人不支的往地上跪去。

『我被騙了嗎？』

12.

虛弱的聲音來自我的左方，我正扶著額有點想吐，眼尾卻看見顫抖的指頭朝著我爬來。

戰戰兢兢的往腳尖的方向看去，那個女人癱軟的趴在軟軟的布上，虛軟的手向著我，她眞的是看著我的，滿眼是淚的問著。

『小心點！讓她去到祭壇中心，迎神！』祭司的聲音揚起，我看著眾人將她抬起。

四周景物不如上次的清晰，說實在的我只看得見那個女人、模糊的祭司身影，剩下的只有一整片通透的血紅色，無天無地、無邊無際，就只有我跟她似的。

『告訴我——』她痛苦的喊著，嘴裡跟著吐出一口鮮血。

我回眸，看著那邪氣沖天的祭壇，我知道的，這從不是請神——因爲墓厝桌上那行文字，正是惡魔的文字！

我跟老弟最近都在進修惡魔學，某間夜店老闆借我們不少書籍，知識就是力量嘿！

最終，我點了頭。

『啊啊啊啊——』

女人發出撕心裂肺的慘叫聲，她被放置在地上、陣法的中心，桌上的鈴噹開始有節奏的發出聲音，所有人民的吟唱聲跟著昂揚，一次又一次重複著那惱人的旋律！

『誰要保爨家人一世繁榮！我要你們付出鮮血的代價，世世代代都不能自由，祭司們要獻出生命，每個人都要經歷比我更加痛苦的死亡！』女人開始祈禱，『誰只要聽見我的音樂，就要以滅掉全族爲最後的任務！』

『——不！妳在說什麼！』

祭司驚恐的高喊著，同時桌上的鈴噹急速響動，女人身下的陣法同步竄出了沖天的黑氣血牆——非從天而降，那東西是從地底上來的。

扭曲的手擱在我面前。

單膝跪地的我看著那長到令人作噁的手，緩緩移動視線，那個怪物又在我面前了，它的四肢與身體強勁的扭動著，吃力的撐開被縫著的雙眼，似乎想要看清楚般，而且它太用力了，縫線處開始裂開，鮮血緩緩流下。

它的嘴也試圖再張開一點，嘴角順著縫線劈啪的開裂，我都可以看見裡頭的利齒。

『放……我……出……去……』

一字一字，如此吃力、如此微弱，卻又如此清楚。

腳下的血漫了上來，我雙腳陷在了血河裡，那是餵血人付出的鮮血、是祭品們獻出的生命，是那個女人拼命爲孩子撐下來、忍著劇痛任他們剜肉的執念。

「她在這裡！」

一陣大吼讓我回神，只是一個眨眼，怪物、血、或是過往的景象全部消失，我只看到亮晃晃的火炬，還有湧上來的人們。

「別傷著她！不能傷害她！」有中年男子的聲音在下方緊張的喊著，「只要讓她沉睡就可以了！」

「對對！不要逼她！」又一個人的聲音傳來，跟著奔上。

老人家來不及，我猜測現在這批是下一任的候選長老們，因爲裝束不同，感覺這裡階級挺分別的，看衣著大概能知道地位的差異。

「一世繁榮，結果卻全困在這裡，你們不覺得無趣嗎？你們知道現在外面的世界是怎麼樣嗎？該不會長老們都在打英雄傳說，而一般人連手機是什麼都不知道吧？」

「人的一生要的是什麼？榮華富貴，衣食無憂，這樣就行了！我們爨氏一族，大家都過著非常富裕悠哉的生活！」藍衣的中年男子徐步而上，「妳會明白的，在這裡過得舒心，嫁給喜歡的男人，生兒育女，安詳一生。」

「許詩宜也是這樣懂的嗎？她自願被洗腦，忘記她有家人在外面啊！」

「只要妳安心的待在這裡，妳的家人也能安心的在外面生活。」男人用輕柔的話語，說著帶有威脅的話語。

果然如此，與父親相依爲命，又有好友在外等待，許詩宜怎麼可能心甘情願待下來？原來是用親友的生命威脅，再加上被盒子洗腦，所以久而久之她就待在這裡了。

一切都從血與血的聯結開展，所以他們只要讓我沉睡，音樂盒就會找上我了吧！

「我勸你們不要傷害我爸媽，尤其我媽，想動她——你們可能得付出代價。」我良心勸告。

「我們本來就不會傷害誰，只要妳回到這裡。」有人由後往前，遞上一杯茶。安神茶，我應該一杯就會倒。

但我沒有遲疑，我筆直走向了那杯茶，直接取了過來。

「等等，還有另一個人呢？」有人總算發現了，「她弟弟呢？」

「對！那個男孩呢？他們沒有在一起！」

我後退著，在他們閃神的這幾秒，我一路踩進了祭壇中間——恐懼感從地底竄上、透過我四肢百骸傳遍全身！我可以聽見無數人的哀鳴與慘叫，甚至有那空管敲擊女人骨頭發出的回音，各種淒厲的叫喊竄進我腦子裡，朝我求救。

但我還是只能退，我必須退到那個中心點。

不要再叫了！我什麼都做不了的！你們想要的神也救不了你們！

鐺——**鐺**——響亮的鐘聲突然響起，這是警鐘，現場驚呼聲此起彼落，我忍著發顫的身子，我得撐到老弟出現。

「有人進來了！有外人入侵！」廣播聲響起，唷，還是有現代科技的嘛！

「什麼？怎麼可能！沒人知道我們的！」

「快點抵禦！守護神會保護我們的！」

「對！會的——這個盒子會保護你們的！」陳董的聲音總算出現，而在人群中，有人高高的舉起了那個盒子。

音樂盒。

「啊啊啊——怎麼會……」好不容易爬上來的長老一看見音樂盒，即刻驚恐跪地，「我們已經讓它回到本位了!?」

我看著踩著階梯上來的老弟，他正高舉著音樂盒，我白眼都要翻出天外了，他怎麼可以碰那個盒子！原定計畫是讓陳董的人拿啊！

我們演的都是套路，就是要讓陳董帶著音樂盒過來，最後再帶上一幫手下，必要時才能幫我們逃出去！

「當年我老爸偷走的是外盒，我們放回去的只有外盒。」老弟小心翼翼的捧著盒子，隨便轉一圈，四周跪倒一眾人。

他還算謹慎，至少音樂盒外頭還有層布包裹著，那條布我熟，是老弟的圍巾；他望向我，我臉色應該很難看，現在的我腦子裡有太多聲音在吶喊，而且全身發冷，有種氣力被抽走的發顫。

「外盒……只有外盒！你們不能把盒子帶進來的！必須快點擺回去！」藍衣男子緊張的喊著，「必須把它放回原來的地方！」

「可以。」陳董跟著走來，嚴肅的望著他們，「只要把我兒子治好，這盒子我立刻還給你們！」

「您……兒子？」主事者們看著陳董，有幾分疑惑。

「被你們綁架的人之一，他開啟音樂盒後，就不正常了。」老弟良心補充，「這盒子屬於你們，你們有拯救他的辦法。」

啊啊，長老瞬間明白，我們在車上提過這件事。

但現在場所有人恐慌的點在於：有人打開了音樂盒？

「盒子是不能打開的，這是連我們都必須遵守的鐵律，他便是開了音樂盒，才會發生那種事！」長老恭敬喊著，「我們沒有辦法幫上忙，沒有人知道音樂盒開啟後發生的事、也無法知道該怎麼——」

「是嗎？但是有個男人說他聽過那個音樂，音樂盒告訴他如何保留人們美妙的聲音，所以後來他活活取出了女人的喉骨，做成音樂盒。」老弟對此一直抱持好奇，「那個男人是個實業家，我看他好好的……」

「沈先生嗎？」藍衣男子衝口而出，「那是個錯誤。」

果然認識！我吃驚的看著他們，「所以他開了音樂盒，但是——」

「他沒有開啟，他只是雙手置放在音樂盒上，但是他說他聽見了音樂聲，盒子對他說話。」藍衣男子冷漠的沉著雙眸，「那是我的錯，他對聲音執念太深，我讓他進了墓厝，接觸盒子，僅此而已，但是……他滿足的離開了。」

僅僅只是接觸，不過沈寞卻聽見了音樂聲，還聽見了「指示」，看來下指示的另有其人啊。

「我只想知道，我的兒子能不能救？」陳董不耐煩的吼著。

「可以，因爲可以向音樂盒祈求。」我直接回答了陳董，「既然都能祈求家族永世繁榮，讓人起死回生，那麼拯救一個不小心冒犯到盒子的男孩應該也可以吧？」

這樣的祈禱，不正是當年他們欺騙那位母親所用的說詞嗎？

「向音樂盒祈禱？」陳董皺眉，「這東西這麼邪，怎麼可能向它祈禱？多少法師連接近都不敢，你們也看到劉法師的下場，紹強甚至就是因爲音樂盒——」

「所以我們來到這裡了！要在這個地方，由我祈禱！只有神選之人才能夠替整個爨氏家族祈求永世昌榮，當然也能由我、在這裡，祈求讓你兒子恢復正常。」

我說得義正詞嚴，但是長老們聽得臉色鐵青，因爲我是亂說的，他們當然知道。

而我的耳邊，開始傳來了那震顫鈴聲，那個當敲擊到它想要的骨頭時，就會響起的銀鈴。

「站住！你們不是——你們不是神選之人！」長老們激動的阻止著，「你們只是……只是被選中的餵血者！」

看老人家如此聲嘶力竭的喊著站住，是因爲老弟已經踏進了陣裡，他很不安的看向我，想必也感受到尖聲求救音直傳腦部，我只能伸長手，盡可能不讓他靠近中心。

「這個……」他眉頭緊鎖，痛苦的閉眼。

「給我！」我咬著牙說著，「剩下的交給你了。」

老弟咬著牙，跨著大步把音樂盒交到我手裡，我以雙手捧盒，讓他把那條圍巾撤走，那可是他的保命符。

老弟艱苦狼狽的衝出陣法範圍的，他難受的趴跪在陣法外時，現場只有緊張的呼吸聲。

「這是怎麼回事？」陳董緊張的喊著，但他卻不敢越雷池一步，「唐先生？」

「他是爨族人，他姓爨！」藍衣男人厲聲糾正。

老弟起身，從口袋裡拿出奇異筆，直接在地上開始寫起咒文來，現場鴉雀無聲，無一人敢吭氣，因爲身後的我高舉著音樂盒，另一隻手放在蓋子上，帶著滿滿威脅。

不可以打開音樂盒是鐵律，爲什麼？因爲裡頭是那女人的骨頭，會演奏出絕無僅有的詛咒音樂。

因爲她最後的祈願——是詛咒。

鈴聲越來越激烈，我的內心越來越平靜，我已經知道爲什麼我體內那傢伙最近沉寂得不像話，甚至好像極力隱藏自己的存在似的，因爲他的確不該被察覺。

畢竟，同類不該存在於同地盤對吧！

「陳董，祈禱吧。」老弟從容的披上自己的圍巾，朝向陳董說著，「在此之前，請確認你的人有把守住大門，不讓任何一人離開。」

「放心，我的人很有紀律。」陳董肯定的說著。

我們是丟著麵包屑的孩子，請陳董跟著我們到糖果屋，保持冷靜，還得有人騎著我的重機一同前來，他帶著大批人馬在外等候，直到老弟爲其打開大門。

陳董帶的人防堵死大門，不讓人離開，爲的是要威脅難寫家族的人一定能救治陳紹強，而陳紹強也已經被扛進了這兒，就在大門附近，以高效鎮定劑昏睡著。

我跟老弟要的是後援，還有——萬一有什麼事，相關人等就在這裡解決了也好。畢竟陳董也不是什麼好人，我們不會有負罪感。

萬事具備，只欠東風。

老弟堅定的望著前方，手上曾幾何時也已經握著刀子；我們之間不需言語，同時原地坐下；分坐圈內圈外，我的手上捧著盒子，心跳快到要衝出喉嚨了。

「祈禱吧。」我對著所有人說著。

這是信號，老弟挺直了腰，他開始唸著保護咒，而我——

打開了音樂盒。

「不——————」淒厲的恐懼叫聲是同時響起的，蓋過了音樂盒的聲音。

我轉動起音樂盒旁的把手，有膽子做音樂盒，怎麼沒膽子聽呢？

音樂盒裡的構造，眞的就跟我們一般認知的一模一樣，但它格外精緻，除了是裝在木盒裡外，從音筒到音梳，全都由雪白的骨頭精雕而成，甚至連底座其實都是骨頭雕成的，只是外頭罩了層木盒增加共鳴。

我想起那女人身上共鳴的七處骨頭，的確是足夠雕成這個音樂盒了。

音樂盒發出熟到爛的旋律，但並非平時聽到的聲音，骨頭抽掉骨髓後是空腔，所以有著獨一無二的音色，清脆、又同時有回音，還帶著點清亮，其實非常非常的好聽。

我沉醉在那美妙的聲音裡，甚至沒有注意到剛剛群眾們驚慌失措的叫聲曾幾何時已經停止了。

我抬頭，發現我又在那草叢裡了！怪物就在我面前，依舊高聳巨大，身體是一團黑霧，依然無骨般的隨風搖擺著；它凝視著我，縫起的眼微彎，眼頭滴落著紅色的血淚，連嘴都是抿著劃上微笑，透露著一抹似悲似喜的情緒。

除了骨樂發出的聲音外，我什麼都聽不見，我只知道在音筒變慢時，再度轉動那個轉軸。

怪物扭曲得更加嚴重，它現在像是插在田裡的旗子，激烈飄揚。

它在掙扎，努力想把縫線一根根撐斷，我低首看著不知道何時出現在我手裡的刀子，又有另一股衝動，想要在音樂盒上割開手腕，在裡頭注入鮮血。

我在那片荒地裡與兩種想法抗爭，絲毫不知道在難寫家族的村落裡，正在展開一場大屠殺。

當音樂盒裡的音樂奏完一輪後，所有的人們紛紛站起，開始無理由瘋狂的攻擊彼此，有武器的人手持武器，沒有的也會徒手殺掉對方，血肉橫飛、斷肢處處，不只是祭壇周遭，是這個村落裡的每一戶人家、每個角落，不論男女老幼，甚至是陳董帶來的手下，以及那個應該被強效鎮定劑放倒的陳紹強。

老弟坐在他書寫的咒文圈裡，戴著保命圍巾，不管有多少鮮血濺上他的臉，有什麼器官擊中他的身體，那如野獸般的咆哮聲有多近，或是慘叫聲就在他耳邊，都沒有中斷他的咒語。

他只有一開始看著慘狀發生而已，爾後他選擇閉上眼睛，不想去看駭人的殘殺現場，光是聽著各種拆骨割肉聲，他就已經可以腦補各種令人作嘔的影像而發抖了。

他只能專心的唸著保護咒，而且必須全心全意相信那個保護咒，然後等著我。

我的手置於音筒上方，左手的刀子緩緩接近手腕，音樂盒的聲音慢了下來，但這次我沒有想再去轉動的意思，我覺得……我應該把血獻給它的，這是我的責任，身爲釁……

我深吸了一口氣，不對焦的雙眼突然清明！

「我姓唐！馬的！誰姓那種難寫得要死的姓！」

我再次轉動了音樂盒，再次抬首看向怪物時，看著它滿臉是血，它已經撐開了一半以上的縫線，但每一次的撐開都承受著讓它皮開肉綻的痛楚。

來！我朝它伸出手，它纖長的手抓住了我的手，我能感受到它的掙扎，所以我穩住重心的讓它拉著，才得以勉強彎下腰，好讓那張臉逼近我。

接著，我用手上的刀子，割開了它臉上的縫線——眼睛、嘴巴，一刀一刀的割開！

『啊啊啊——』最後一根縫線不等我割開，就在她的嘶吼聲迸開了，『我詛咒你們全族，我要你們互相殘殺到最後一個人都不剩！不死不休！不死不休——』

兩道紅影從怪物的雙眼中飛出，合而爲一，我認得那聲音，屬於那位母親。她當初果然用最後的力氣，把祈禱化成了詛咒。

但是她的力量還是敵不過祭司召喚的「神」，那個「神」必須回應祭司的願望，那是交換條件，所以最終取得了微妙的平衡——保家族一世榮華，鮮血的代價改成以血餵養，世代不能自由所以他們誰都不能離開這深山，然後，絕對不能開啓音樂盒。

因爲「神」把那女人的詛咒封印在盒子，只要有人打開，就會開啓滅絕模式。

因此那個怪物其實是他們的族人，那個神選之人，那個被欺騙、滿懷希望、一心爲孩子、順便爲族人犧牲的母親。

呃……只對了一半！

那怪物的臉倏而扭曲，雙手同時架住了我的手，使勁把我撐成大字型，而且輕而易舉的把我舉離了地面！音樂盒就此落地，啪的一聲盒蓋蓋上，音樂就此驟停！

「啊——好痛！」我感到我的雙手被朝外拉，像要活生生被分屍一樣！

怪物的臉型已截然不同，猙獰且極度邪惡，它操控著我的手，讓我持刀的右手，逼近了我的左腕。

獻血……我痛得往下瞧，這麼剛好，那音樂盒就在正下方，按照這力道，我一點都不覺得它只會讓我切一點點。

「你不會……喜歡我的血的……」我咬著牙說，眼神看著那刀刃逼近了手腕的血管。

說時遲那時快，刀子切進了血管中，鮮血如注，嘩啦的滴落，啪噠啪噠的落在了那側倒的音樂盒上……然後音樂盒倏地吸收了我熱騰騰的血液，一點點殘紅都沒留下。

好痛！馬的超痛的！我咬著牙看著鮮血泉湧般落下，向上瞪著那怪物……不，惡魔。

「是你主動傷我的，就別怨我了——惡魔就是莫名其妙，這麼在意血脈DNA去鑑識科應徵啦——喂！我把盒子帶來給你了！收下吧！出來——」

剎——我再度感受到體內深處有股強大的力量竄出，他撕開了我的骨頭我的筋膜我的肌肉，從我的體內衝了出來，直接奔向了那巨大的怪物，它的同類。

一開始，祭司召喚的就是惡魔，從儀式到祭品再到桌上的咒文全部都是惡魔相關。

而封印在我體內的惡魔一開始就知道了，吃人類的靈魂是家常菜，如果能吞掉同爲惡魔的同類，應該是奢華大餐了吧！

他只能在有人主動攻擊我時出來，我想這完全符合主動攻擊，因爲我的腕動脈被割斷了啊！

每次他的衝出，我會痛不欲生，所以當我往下墜落時，我也只聽見了如野獸般互鬥的聲響，然後……

清脆的，最後的……人骨音樂盒的殘音。

叮、叮。

13.

冰冷的液體灌入我喉裡，我嘗到了一股甘甜味，知覺漸漸的恢復，第一個感受是好冷。

「老姐？老姐？」熟悉的聲音傳來，有人掐著我的臉左右轉著。

呼……我鬆了口氣，緩緩睜眼，映入眼簾的是老弟，還有一張曾經勾動我心的男人臉龐。

「我說過不要化身成易偉的模樣。」

『我也說過這是我最後的模樣。』

這個惡魔當初最後是附身在我男友……前已故男友身上，最後被我封進身體裡，所以他一直保持易偉的模樣，多半是爲了動搖我吧！

我伸出手，老弟即刻將我扶起，我枕在老弟的臂彎間，不滿的看著惡魔，「你贏了？」

惡魔滿足的舔舔唇，看來是吃乾抹淨了。

「我能見到過去的事，那個母親能見到我，是因爲我身上有你對吧？」我說出我的猜想，「因爲難寫家族的人召喚的也是惡魔。」

惡魔點了點頭，「是，所以我得把存在感降到最低，不然讓這傢伙知道我存在就不好了。」

他顯得很滿意，看來被封印在人類身體裡，對他是有好處的。

「事情解決了嗎？」我問向老弟，我實在全身痛，每次放惡魔出來吃飯，我都得睡個幾天幾夜，「我睡多久了？」

「三天。」老弟沉穩的說，「先讓他入鞘吧！他誘惑了我三天，非常煩。」

我斜眼睨了惡魔一眼，「回來！」

哼！他氣得冷哼一聲，唰地收進我的體內。

我就是刀鞘，他這把刀必須要有人攻擊我時才能出鞘，還得乖乖聽我的話。

我抓著老弟的衣服，先檢查他的全身上下，看起來相當乾淨，還換了身衣服呢！

「你沒事吧？有受傷嗎？」

「都沒有，而且吃得好睡得好……就是擔心妳不知道何時會醒來。」他側過身，好讓我朝他身後看，「因爲再下去，這片屍體要是開始爛了就麻煩了。」

我坐直身子，看著眼前整片大地上的斷肢殘臂，放眼望去我幾乎見不到一具全屍，數顆頭顱散在地上，風一吹還跟著滾動起來。

「我的天……超噁！」我別開視線，「多少人？」

「沒有活口。」老弟沉穩的說，「連陳紹強都沒活下來，眞的是殺盡最後一人後，他就倒了。」

「他早在被綁架那天就死了吧，誰頸子折成那樣還能活？」我揪著他衣服，試圖站起，腳有點軟，但不是問題。

老弟這弱雞，要抱起我也有點困難，我終究得靠自己。

起身時，我看見了地上的音樂盒。

「你還聽得見音樂嗎？」

老弟搖了搖頭，「惡魔出來前就沒聽見，聲音彷彿是瞬間停止的，那時我就知道事情有變化了。」

我拾起音樂盒，緩緩打開，才發現音樂盒已然震壞，音筒移位、音梳裂開，只怕再難演奏出那種空靈般的清脆樂音了。

「哪個神經病會召喚惡魔當作神？還用人骨製作音樂盒？」我捧著音樂盒，放在那祭壇上。

「都有人爲了長生不死召喚惡魔了，要不然易偉大哥不會死，妳身體裡也不會封著那玩意兒。」老弟悻悻然的說著。

唉，我只有嘆息，我們兩人雙手合十的對著音樂盒一拜，完成了那母親的願望，至於她是否得到解脫，就不是我們能理解的事了。

我左手的傷已然痊癒，這當然是惡魔的功效之一。

轉頭想下山，看著一整片血汙內臟，我實在踏不下去。

「直接踩過去，我都是這樣，找乾淨的衣服穿，煮東西吃，到時再換就好。」老弟直接提起法陣裡的行李袋，「這裡面有換洗的衣服，我挑了雙妳的尺寸的鞋子，我們出去後再換。」

我挑了眉，才想著要怎麼讚許老弟，他已經把一個熱騰騰的包子遞過來了。

「這幾天都這樣照顧我喔？」

「廢話，定時喝水……我還找了花草茶跟養生茶餵妳，偶爾加點糖，怕妳沒體力。」

「這麼貼心！」我心裡暖暖的，其實可以猜想心思細膩的老弟，這幾天有多擔心了，「謝了！」

「先想想怎麼跟老媽說吧，我們真的離家三、四天，音訊全無。」老弟嘆了口氣，這關比什麼惡魔關都難過。

「啊啊——」我嫌煩的抓了抓頭髮，三口就把那包子吞了。

忍著反胃踩過一地內臟與屍塊，艱辛的終於走到了大門，打開門跨出門檻後，我們換上了乾淨的衣服與鞋子，把血衣血鞋全給扔了進去。

「提袋裡還有東西？」我留意到老弟的袋子裡還有點重量。

「嗯……我找到教授女兒的家了，我帶了她的照片，還有手機吊飾。」老弟嚴肅的沉下眼神，「我猶豫過這樣做好不好，但我還是覺得……該給生者一個解脫。」

「解脫什麼？這個難寫家族的因果？光怪陸離啊！老弟。」我搖頭，心底是不太支持的。

「他們本來就知道不尋常了，給照片是讓老師知道她失蹤那幾年過得挺好的，手機吊飾打算給邵中宇，留個念想，然後……」老弟一抹苦笑，「我會說，許詩宜有留下日記，她想念他，從未怪過他。」

我凝視著老弟，老弟向來比我沉穩、也比我聰明，處事比我精明得多，他這樣做，只是讓活下來的人解脫，倒沒有太提及這裡的事，其實也無妨。

「好，我們姐弟得口徑一致！」身爲姐姐，我永遠支持他。

老弟露出釋然的笑容，抬首看著這高牆裡的桃花源，「那我們快下山吧！陳董有依照承諾把我們的機車騎上來，就在下面。」

「眞好！」我看著巍峨高牆，「要報警嗎？」

「何必，既然數百年都無人知曉，表示他們不喜歡被人打擾對吧？」老弟恭敬的趨前，探身拉過木門一邊的門環，「我們要尊重人家。」

「是啊！既然都沒人發現，就讓他們繼續隱藏著吧！」我趕緊踩上門檻，也拉過了另一邊門環。

我們合力的將沉重的對開木門緩緩拉上，空中傳來整群烏鴉的嘎嘎叫聲，我看著其中一隻停在祭壇邊的旗子上，上頭寫著那難寫得要死的姓氏。

「我眞的覺得音樂盒找我們是個錯誤。」我看著老弟，兩人儀式感的同步把木門給關上，「所以只好他們入地獄了。」

叩——咚！

「對啊，搞不清楚狀況！」老弟伸出手讓我勾著，知道我還虛著呢，「我們又不是難寫家族的人！」

是啊，老爸說了，我們姓唐！

後記

【Div（另一種聲音）】

這本書，要對我童年時期看過最恐怖的一本書致敬。

它叫做《黑貓》，愛倫坡著。

雖然長大後確實寫了不少恐怖小說，但其實我小時候怕看恐怖小說，看一本福爾摩斯就可以失眠一個晚上，每次只要沒有把燈開到最亮，就不敢靠近發著紅光的頂樓神明桌。

之所以會讀到《黑貓》，絕非刻意，而是一次極度偶然的經歷。

那一次，是國小老師辦的「換書活動」。

那時候老師規定星期六早上（那時候星期六早上要上學），每個人必須帶自己的書，無論是家裡買的還是圖書館借的，來班上和同學交換。

當時我興沖沖的拿《科學小實驗》去學校，和前面一個女生換了這本愛倫坡的《黑貓》，我還記得那本《黑貓》的封面很像卡通小甜甜，就是中世紀貴族戀愛故事，超級無害的感覺。

那女孩還說，「這本超好看，你一定要看看！」

結果我一直讀，越讀越不對，當這節課接近尾聲，我讀到了這本書的最後一頁。

黑貓出現。

這一頁，還不單是文字，還附上整頁圖畫。

看得我瞬間呼吸停止。

這絕對是我小時候看過最恐怖的一本書，最恐怖的一個畫面，一直到現在，我都仍可以輕易的從腦海中取出那書上的畫面。

就是愛倫坡，黑貓。

此故事，向《黑貓》致敬，帶著我深深的恐懼，向最恐怖的故事致敬。

註：我問前排女孩，「這是恐怖故事啊！妳剛剛怎麼都沒說？」

女孩笑了，陰惻惻的笑容，「恐怖，怎麼可以只有我獨享呢！」

【Misa】

大家好~我是Misa，大家看到最後有沒有很驚艷呢？

以往都是相同的題材不同的短篇故事，但是這一次卻是連貫的，全數圍繞在音樂盒上面。

好久沒有寫這樣的故事了，不過一直到最後一篇，大家應該都看不出來是同一個音樂盒，也看不出來是有關連的吧？

回到我的【它】上面，在寫音樂盒的故事前，我眞是苦惱萬分，之後大家會懂爲什麼。

我先看過了Ｄｉｖ以及龍雲兩位大大的文，然後再去發想音樂盒裡面到底有什麼，以及有什麼樣的原因會造就了如此的音樂盒。

於是，出現了我所形容的那怪物，有點像是以前會聽過的一些傳說，有些家族爲了興盛，會獻祭或是與鬼/神結婚，而我們比較常聽見的，大概就是養小鬼。

於是我把這概念帶到了故事裡頭，只是他們餵養的是更恐怖的東西，甚至還需要專業的餵血人，像是怪物的後宮一樣。

到了最後，餵食的明明是人類，可是卻是人類被怪物所圈養著，一個不小心還會被反噬。

女主角的媽媽逃了一輩子，但最後女主角還是回到了怪物的身邊，即便被洗腦得順從了，卻還是被殺死了，這或許就是想要駕馭遠比自己強大的怪物的必然吧。

然後，大家有發現女主角從頭到尾都沒有出現名字嗎？

有想到女主角就是龍雲大大故事中的女歹徒嗎？邵中宇這位男閨蜜是不是很讓人感動呢？

謝謝你們購買了這本書，希望大家能夠喜歡這一次新的故事型態！

【龍雲】

大家好，我是龍雲，很高興在這邊跟大家相見。

這次的內容是以接力的形式完成。

然而，身爲第一棒的我，難度來說是最簡單的，所以感受或許沒有其他幾位來得深刻。

不過合作對我來說其實並不陌生，畢竟這樣的形式在編劇的時候還蠻常見的。

只是編劇開會的時候，其實已經把大致上的劇情都討論過，才會分工下去寫。

但是這一次是大家簡單說了一下之後，我就直接開始動筆了，其他人的部分會怎麼發展我完全不知道。

整體來說，確實是個挺新鮮的體驗，也十分期待完成之後的成果。

最後，很榮幸能夠與大家一起完成這樣的作品，當然也希望大家會喜歡。

【答菁】

這次的詭軼紀事，我們採取了特殊的寫法，讓所有故事「暫時」進入同一個宇宙觀，以「音樂盒」爲主題，每個人寫一篇故事，但整體故事最後必須連貫。這次的故事，我擔任最後一個，也就是要把每位作者寫的東西連起來、補上坑或是加上伏筆，同時也要發展我自己的故事。

當最後一個是挺大的挑戰，在我的唐家姐弟「坎坷」的人生路上，同時多了這個音樂盒的故事，再把其他三篇故事都加進來，突然間大家都在同一個世界，其實非常有意思！希望大家喜歡「這個故事」。

說個題外話，我同時在另一本愛情合集中，也同樣設置「音樂盒」這個主題，都是能發出曼妙音樂的「音樂盒」，可以很驚悚、也可以很甜蜜，也算是一種小挑戰吧！

最後，感謝購買本書的您，購書才是對作者最實質且直接的支持，沒有您們的購書，作者便無法繼續書寫，萬分感謝、銘感五內！謝謝！

境外之城 152

詭軼紀事・柒：人骨音樂盒

作　　者／Div（另一種聲音）、Misa、龍雲、笭菁
企畫選書人／張世國
責 任 編 輯／張世國

發　行　人／何飛鵬
總　編　輯／王雪莉
業 務 協 理／范光杰
行 銷 企 劃／陳姿億
資深版權專員／許儀盈
版權行政暨數位業務專員／陳玉鈴
法 律 顧 問／元禾法律事務所　王子文律師
出版／奇幻基地出版
城邦文化事業股份有限公司
台北市 104 民生東路二段 141 號 8 樓
電話：(02)25007008　傳眞：(02)25027676
網址：www.ffoundation.com.tw
e-mail：ffoundation@cite.com.tw
發行／英屬蓋曼群島商家庭傳媒股份有限公司城邦分公司
台北市 104 民生東路二段 141 號11 樓
書虫客服服務專線：(02)25007718・(02)25007719
24 小時傳眞服務：(02)25170999・(02)25001991
服務時間：週一至週五09:30-12:00・13:30-17:00
郵撥帳號：19863813　戶名：書虫股份有限公司
讀者服務信箱 E-mail：service@readingclub.com.tw
歡迎光臨城邦讀書花園 網址：www.cite.com.tw
香港發行所／城邦（香港）出版集團有限公司
香港灣仔駱克道 193 號東超商業中心 1 樓
電話：(852) 2508-6231 傳眞：(852) 2578-9337
馬新發行所／城邦（馬新）出版集團
【Cite(M)Sdn. Bhd.(458372U)】
11, Jalan 30D/146, Desa Tasik,
Sungai Besi, 57000 Kuala Lumpur, Malaysia.
電話：(603) 90578822　傳眞：(603) 90576622

封面版型設計／US-design studio
排　　版／芯澤有限公司
印　　刷／高典印刷有限公司
■2023 年8月3日初版一刷
■2023 年12月21日初版2.5刷

售價／360元

國家圖書館出版品預行編目資料

詭軼紀事・柒：人骨音樂盒／Div（另一種聲音）、Misa、龍雲、笭菁著—初版—台北市：奇幻基地出版；家庭傳媒城邦分公司發行；2023.8
面：公分．–（境外之城：.152)
ISBN 978-626-7210-64-2（平裝）

863.57　　112010774

本書中文繁體字版由笭菁工作室授權奇幻基地在全球獨家出版、發行。
Copyright © 2023 by 笭菁工作室（詭軼紀事・柒：人骨音樂盒）

ALL RIGHTS RESERVED

著作權所有・翻印必究

ISBN　978-626-7210-64-2

Printed in Taiwan.

※ 本故事內容純屬虛構，如有雷同，純屬巧合。

城邦讀書花園
www.cite.com.tw

廣 告 回 函
北區郵政管理登記證
台北廣字第000791號
郵資已付，免貼郵票

104 台北市民生東路二段141號11樓

英屬蓋曼群島商家庭傳媒股份有限公司城邦分公司 收

請沿虛線對摺，謝謝

奇幻基地

每個人都有一本奇幻文學的啓蒙書

奇幻基地粉絲團：http://www.facebook.com/ffoundation

書號：1H0152　　書名：詭軼紀事・柒：人骨音樂盒

請於此處用膠水黏貼

奇幻基地

讀者回函卡

謝謝您購買我們出版的書籍！請費心填寫此回函卡，我們將不定期寄上城邦集團最新的出版訊息。

姓名：______________________________ 性別：□男 □女

生日：西元__________年__________月__________日

地址：______________________________

聯絡電話：__________________傳真：__________________

E-mail ：______________________________

學歷：□1.小學 □2.國中 □3.高中 □4.大專 □5.研究所以上

職業：□1.學生 □2.軍公教 □3.服務 □4.金融 □5.製造 □6.資訊

□7.傳播 □8.自由業 □9.農漁牧 □10.家管 □11.退休

□12.其他______________________________

您從何種方式得知本書消息？

□1.書店 □2.網路 □3.報紙 □4.雜誌 □5.廣播 □6.電視

□7.親友推薦 □8.其他______________________________

您通常以何種方式購書？

□1.書店 □2.網路 □3.傳真訂購 □4.郵局劃撥 □5.其他

您購買本書的原因是（單選）

□1.封面吸引人 □2.內容豐富 □3.價格合理

您喜歡以下哪一種類型的書籍？（可複選）

□1.科幻 □2.魔法奇幻 □3.恐怖 □4.偵探推理

□5.實用類型工具書籍

有更多想要分享給
我們的建議或心得嗎？
立即填寫電子回函卡

您是否為奇幻基地網站會員？

□1.是□2.否（若您非奇幻基地會員，歡迎您上網免費加入，可享有奇幻基地網站線上購書75 折，以及不定時優惠活動：http://www.ffoundation.com.tw/）

對我們的建議：______________________________

____

____

請於此處用膠水黏貼